J. M. G. Le Clézio

Chanson bretonne

suivi de

L'enfant et la guerre

Deux Contes

布列塔尼歌谣

[法] 勒克莱齐奥——著

焦君怡——译

人民文学出版社
PEOPLE'S LITERATURE PUBLISHING HOUSE

著作权合同登记号　图字 01-2024-0998

J. M. G. Le Clézio
Chanson bretonne suivi de L'enfant et la guerre : Deux Contes

图书在版编目（CIP）数据

布列塔尼歌谣 / (法) 勒克莱齐奥著 ; 焦君怡译 . 北京 : 人民文学出版社, 2024. -- (勒克莱齐奥作品系列). -- ISBN 978-7-02-018795-9

Ⅰ . I565.65

中国国家版本馆 CIP 数据核字第 2024GQ7175 号

责任编辑　朱卫净　何炜宏
封面设计　李苗苗

出版发行　人民文学出版社
社　　址　北京市朝内大街 166 号
邮　　编　100705

印　　刷　凸版艺彩（东莞）印刷有限公司
经　　销　全国新华书店等

字　　数　80 千字
开　　本　889 毫米 ×1194 毫米　1/32
印　　张　4.25　插页 5
版　　次　2024 年 8 月北京第 1 版
印　　次　2024 年 8 月第 1 次印刷

书　　号　978-7-02-018795-9
定　　价　59.00 元

如有印装质量问题，请与本社图书销售中心调换。电话：010-65233595

献给西蒙娜

目　录

布列塔尼歌谣

我不在这里出生，我在这里生活的时间也不过是一九四八年到一九五四年间每个夏天的几个月，但它依然是我的故乡，最让我感动，留给我最多回忆。至于非洲，是另一种生活，它结束于一九四八年，我的父亲在五十年代回到法国生活，在那之后，我便忘记了它，我没有抛弃它，只是淡忘了，如同淡忘那些不可能、不真实、过于重大、有些危险的事情一般。

布列塔尼[①]一直是亲人般的亲切。我始终带着这样的想法长大：我们（拥有我们姓氏的人——父亲和母亲的姓氏，以及和我们同样出身的人）是布列塔尼人，自我们所能追溯的最久远的时刻起，一条看不见却很坚固的纽带已经将我们和这个地方连接在一起了。

我不打算按照时间线来叙述。回忆是枯燥的，况且，孩子们对于时间顺序没有概念。对他们来说，日子连着日子，不是为了编故事，而是不断增长、蔓延、扩张，然后断裂，发出回响。

---

① 布列塔尼（Bretagne）是法国西部的一个大区，三面临海，包括四个省：阿摩尔滨海省（Côtes-d'Armor）、伊勒-维莱纳省（Ille-et-Vilaine）、莫尔比昂省（Morbihan）和菲尼斯泰尔省（Finistère）。（本书注释均为译者注）

圣马林

我回到了儿时生活过的村庄。从前，每年夏天学校的课程一结束，我就会到这里来。尽管如此，如今在圣马林[①]，我几乎什么都认不出来了。一条从村口通往孔布里海角的长路还在原来的地方，没有更宽，也没有更直。我看到了港口的斜坡、一些老房子、水手的临时住所，还有漂亮的小教堂。它们也还在原来的地方，但是，有些事情发生了改变。于我，于这些房子，时间流逝了。它侵蚀、改变了一切，使周遭的风景变得现代。公路铺上了柏油，还用白色的颜料标记出停车位、减速带、虚线、禁行。为了控制车流，人们修建了环形交叉口；为了限制露营车通过，安装了限高杆；为了规范停车，竖起了停车场的标志；为了禁止停车，还设置了路障、护栏。有人经营着咖啡店，可丽饼店的露天平台上支起了遮阳伞，还出现了一些售卖明信片和纪念品的商店。所有这一切像是涂上了一层漆，闪耀着外省的现代化，这种

① 圣马林（Sainte-Marine）是孔布里镇（Combrit）的一个村庄，位于奥代河（Odet）的右岸。孔布里镇位于布列塔尼的菲尼斯泰尔省，濒临大西洋。

漆类似于一种防水剂，它保护着村庄，使它隔绝了时间，不再受到旧时光的侵袭，像是古董家具上涂抹的那种漆。今天，人们开车进入圣马林，却不在这里停留。夏天，游客大量涌来，他们不得不一直赶路，直奔海边，或许只剩下拍张照片的时间就该返程了。人们进入村庄，然后很快离开。然而，对我而言，我曾在这里度过所有的夏日时光，在这里，记忆填满了我的脑海，在这里，我遭遇我的童年。

很难将过去的村庄与它现在的样子联系起来。当然，全世界都改变了，圣马林不是唯一的地方。为什么在这里我感触尤深呢？我的内心保存着一幅画面，就像守护着一个珍贵的秘密，它的改变比其他任何改变更加困扰我，让我感受到心爱之物被偷走的心情，那么，这是怎样的一幅画面呢？

去往圣马林，需要经历一段漫长的旅程，我和我的家人们曾经每年夏天从法国南部出发，登上我父母那辆破旧的雷诺车①，为的是度过三个月理想的假期，自由、冒险和新奇。那个时候，轮渡比教堂更能代表圣马林的中心，它像一座金属浮桥，每小时两次，沿着锁链的牵引，嘎吱作响，穿过奥代河口。后来，一座建在港湾上游的大桥成了这种改变的原因和证据，这座庞然大物（其实没什么用）被夸张地叫做科努瓦耶大桥。在轮渡时代，人们不轻易过河。太慢，太嘈杂，油味太重，还会在鞋子上留下污渍。为什么要这么做

① 这里指一辆型号为 Monaquatre 的雷诺汽车，1931 年推出，相当于今天的紧凑型家用轿车。

呢？是为了去往河对岸的贝诺代[①]吗？那里什么也没有，所有人一到夏天就挤在海滩上，挤在咖啡店的露天平台上，挤在露营地里。在对岸，现代化已经到来，仅仅依靠想象，我们在这一侧就能够了解这一点，不过，如果有人真的坚持，只需要带着他的小卡车或自行车一起登上轮渡就可以了。不用花什么钱，不算什么事，在我的记忆里，据外婆说，一个一百苏的硬币就够了。也可能更少。那些十来岁的孩子常常等到轮渡启动的时候才跳上甲板，对他们来说，甚至可能完全不花钱。十分钟就可以过河，不过，涨潮特别严重的那几天，或是起风的时候，渡轮会绷紧它的链条，在波浪和漩涡的冲击里摇摇晃晃，一边发出刺耳的声响，一边在河湾里偏离方向。对岸是另一个世界：那个时候，贝诺代已经是度假者和露营者之地，是他们的聚集点。从圣马林到贝诺代意味着越过了一条界线，这条界线将被遗忘的、传统的、落后的布列塔尼与现代化的布列塔尼分隔开来，这个现代的布列塔尼拥有公路、酒店、咖啡馆、电影院，它的沙滩布满了遮阳伞，挤满了游泳的人群。我不知道这些事情对孩子来说是否重要。我不记得自己对现代化或是喧闹和人群充满兴趣。但是，成年人对它们是感兴趣的，因此，某一天，他们做出了决定，生锈的旧船和坎佩尔[②]蜿蜒的河岸已经无法使他们满足，必须要建一座桥了，一座可以让汽车和游客穿行的桥。

① 贝诺代（Bénodet）与孔布里之间隔着奥代河，同样是位于菲尼斯泰尔的城镇。

② 坎佩尔（Quimper）是菲尼斯泰尔省的首府，著名的旅游城市。

科努瓦耶桥很壮观。我没有看到它的建造过程，那个时候，我们已经不回布列塔尼了。从尼斯出发的这段路程对于我父亲的老爷车来说太远了，况且，父亲大概也想去看看别的东西。我们自己呢，也长大了，我的哥哥和我，我们更喜欢尼斯的炎炎夏日，或者去往英国南部，比如，黑斯廷斯和布莱顿，那里有牛奶吧①和姑娘们。

多年之后，我回来了，我特意从桥上通过。为了过桥，我们穿过了一张道路网，由三车道或四车道的公路，以及中间的环岛和匝道构成的网。那个时候，单向通过大桥是收费的，另一个方向则是免费的（这显然违背了布列塔尼的习俗）。换句话说，这成了一门生意。银行应该也参与其中。在桥上，我们飞越了奥代河口，飞得和海鸥一样高。我惊奇地发现，这个高大宏伟的建筑竟使得周围的景物显得如此矮小。

从前，我们划着小船，身后留下一道道印记，奥代河看起来就像亚马孙河一样长，雾气笼罩的河岸神秘莫测，黑色的河水涌起漩涡，注入大海，流向了格雷南群岛。此刻，在大桥的阴影下，它变成了外省一条安静、狭窄的水流，河水之上，斑斑点点，白色的小船停泊在那里。几年的时间，野生的水湾被改造成一个游艇码头，成为了一片环绕着房屋和树木的绿色水域，一条溺河。我试着想象这样的场景，两个孩子，摇着橹，来到桥柱之间，听到不断响起的汽车轰鸣声，这些车正在三十五米高的地方，以时速六十公里穿过河

① 牛奶吧（Milk bar）是位于英国国内的甜品及面包连锁店。

湾，这对于他们意味着什么。一切完完全全染上了都市的气息，就像一座水坝那样坚固有力，不可撼动。后来，我再也没有踏上那座桥。

假如我试着重现童年时代的圣马林，首先出现在我面前的是一条街道，这条长长的石子路在学校附近，从村口开始延伸，一直通往海边，道路两侧是一排排房屋。这在我看来是正常的，不过，那时已经出现了各种不同的住宅，我想用“混杂”这个词来形容。布列塔尼当地人的住宅交替出现，大部分很简陋，由石头建造，涂着灰色的水泥，装有粗糙的护窗板和低矮的门，有的门上装饰着门楣，屋顶铺着板岩，长满了青苔，屋脊清晰可见，烟囱是用砖砌成的。这其中有一些房屋太简陋、太古老，还保留着花岗岩的墙壁，细长的窗户和茅草屋顶。小花园里种植着大蒜、洋葱、四季豆和地瓜。就在这些房子中间，有“巴黎人”的别墅，它们显得傲慢而自负，宽敞的花园朝向奥代河，高高的围墙由石头砌成，透过它们能够看到人字山墙和塔楼。沉重的深绿色锻铁大门朝白色的石子路敞开，花坛里开满了花，成片的蓝色绣球花，还有一丛丛的山茶花。

圣马林的独特之处在于商业的缺乏，这种缺乏是真正的缺乏，并非出于奢华的品位（今天，有什么能比一条没有店铺的街道更奢华呢?）。事实上，在每一户简陋的住宅里，人们都能够根据需要买到鱼、虾、蟹，或是一些从花园里摘下的带着泥土的蔬菜。唯一一家名副其实的商店什么都卖，这家商店属于普洛普里斯的比格农场。人们推开一扇装着刺耳铃铛的门，径直走进去，找到什么就能买什么：一些罐头（炼乳、沙丁鱼、豌豆）、一升装的红酒（一种阿尔及利亚红酒，叫做“安拉安拉”①，当时，并没有人对这个奇怪的名字感到冒犯）、散装的干菜，以及一些必不可少的生活用品，比如卫生纸、火柴（还有香烟），尤其让我吃惊的是用勺售卖的果酱，我忘不了它的味道，不过我说不出它究竟是苹果、葡萄，还是木瓜味。比格商店还是唯一的面包房，售卖坎佩尔生产的工业圆面包②，又硬又不新鲜，以至于来买面包的孩子们在回家的路上把它当成一个小板凳坐在上面休息。我的父母很少买这种面包，仅仅买过一次之后，他们就决定宁可吃可丽饼，也不再吃这种可怕的白面包。

村里的水泵距离比格商店不远，是圣马林的中枢之一。这是政府为居民提供的饮用水水源。事实上，每户家庭、每个农场的地面上都配有一口井，或是一个储存雨水的蓄水池，但是附近的粪水和化粪池使得水质不再安全。水沟里的水也会流进水池，屋顶上的咸水可以用来洗澡或洗衣服。周围的农田已经开始大量喷洒农药，以对抗害虫的入侵，尤其是稍后我们将谈论的马铃薯甲虫。养鸡场和养猪场还没有达到今天的规模——今天，在某些地方，鸡棚里能容纳二十万只鸡！——不过，它们的排泄物已经使得硝酸盐的含量开

① 在伊斯兰教中，安拉（Allah）即真主。

② 圆面包（la miche），一种又圆又大的面包，外皮非常厚，面包心也很硬实。

始升高，虽然尚未达到现在的污染程度，但是已经逐渐接近了。另外，当时还没有瓶装水，除了为婴儿所提供的瓶装水，剩下就是那些爱挑剔的度假人士，他们会在自己的汽车里放上一大堆瓶装水。在水泵上方，我们看不到任何过滤器，也没有张贴任何官方的规章条例。

因此，唯一的饮用水就来自路边的这个手摇水泵，它能从一口相对来说受到保护的深井里抽出水来。每天两次来水泵这里打水便是我们，我们这些孩子，乃至村里所有孩子的责任。十年之后，当我再次游览圣马林的时候，我发现水泵还在那里，但是已经废弃了，被封起来，刷成了果绿色。对于热衷于怀旧的人来说，它成为一件装饰物，一种对往日时光的膜拜，就像渡轮链条上的齿轮，或是公路上的里程碑。水泵上装饰着几束花，就像花园里破旧的独轮车。

我小的时候，这个水泵是可以使用的，就像所有可供使用的东西一样，它是没有专门上过色的，泛着生铁的深灰色，一些地方生了锈，活塞周围斑斑点点，满是油污，手柄被磨得光亮。每次一启动，它就嘎吱作响，等上一会儿之后，它会喷出一股凉水，水流很细，断断续续地慢慢流进水壶。当水壶被灌满的时候，就该提着它回家了，这些锌制的或蓝色搪瓷的水壶能放五六升水。我们走得很慢，伸直手臂来防止颠簸，两只手轮换着，不时地停下来，以缓和手腕和肘部的灼烧。从水泵到克尔休尔（我们的父母从赫利亚斯夫人那里租来的度假屋）不到一公里，对我来说却再也没有比这更长的路了！父亲把这些珍贵的水倒进一口专门用来烧水的大搪瓷锅，放在炉子上煮沸。蒸发使得水量减少，我们打水的次数因此变得更多。人们经常说打水的苦差事对于村里的孩子们来说是一种消遣，水井旁充满了女孩们的笑声和男孩们的打闹声。这并不符合我的记忆。对我来说，印象更深的是烈日之下，从一栋房子到另一栋房子之间没完没了的路，是排成长队打水的孩子们在提起水壶时为了保持平衡向一侧弯腰的样子，是珍贵的水从壶里溅出来时泛起的水花。不过，归根到底，这还是一件有意思的事，我猜想，这大概是因为它让孩子们觉得自己很有用。今天，当然容易多了，在厨房，或是浴室，拧开水龙头，眼看着，水就会流出来。然而，直到现在，我都忍不住要确定水龙头有没有关好，舍不得浪费任何一滴如此珍贵的液体。

圣马林的孩子们（包括我们在内），大部分是村里渔民的儿女。也有一些外地人，他们住在奥代河畔漂亮的别墅里，不过，我们很少见到他们，除了弥撒日在小教堂里。在我们看来，他们有点奇怪，也就是说，他们和布列塔尼小孩完全不同。我们有时透过篱笆，有时在大门口踮起脚尖，观察那些外地人，一群穿着讲究的男孩或女孩，看他们玩丢手绢或槌球游戏，这些游戏在我们看起来幼稚至极，但他们看上去兴致勃勃。特别吸引我的是莫格尔街上女孩们住的房子，在通往海边的路上。这是奥代河边一栋漂亮的多层别墅，位于一个树木茂盛的公园中心，尖顶，铺着板岩，有天窗、山墙，还有小塔楼，特别是它的大铁门，刻有花纹，我曾经爬到上面，向花园里张望，那里完全没有种洋葱或者苹果树，而是一个真正的花园，石子铺成的小路，还有花坛，房子后面，透过松树林，能看到一条河闪闪发光。不过，花园并不是最吸引我的，尽管这个花园看起来很神奇、很壮观，令它显得与村里的其他地方截然不同，但是更加吸引我的是女孩们的存在。五六个女孩子。当时我已经知道她们的父亲是名人，是法国童子军协会[①]的领袖，不仅如此，更加传奇、神秘乃至让人感到挫败的是，每个女孩都很苗条、高挑，头发是金色的，年龄最大的大约十八岁，最小的八九岁。我透过大门上花饰的空隙观察她们，看着她们做游戏，在花园里奔跑，听着她们动人的声音，仔细观察她们淡色的长裙、草帽、丝巾、凉鞋，她们像从梦里走来。后来，我只在电影里见过这一幕，在伯格曼的《野草莓》中，不同之处在于，这个从大门的缝隙中偷来的记忆，比起一部电影的画面来说，更加真实和持久。

我们更容易在码头找到村里那些常和我们一起玩耍的孩子，他们坐在矮墙上，看着穿行的小卡车和行人，这些人在登船的时候，踩在金属材质的舷梯上，会发出重重的响声。有时，我们从一条小船跳上另一条小船，和他们见面，这些停靠在码头上的小船是我们聚会的地方。他们之间用布列塔尼语打招呼、开玩笑。我们呢，我们是“巴黎亚纳人”[②]，是被嘲笑的对象，不过，我们在这里受到的嘲笑比在南部受到的嘲笑要少一些，有可能是因为我们毕竟和他们很像，况

① 法国童子军协会（Les Scouts de France），成立于1920年，于2004年解散，重新组建为Les Scouts et Guides de France。

② 原文是布列塔尼语Parizianer，指巴黎人，这里为音译。

且，我们也能用他们的方言跟他们对骂几句。他们这一代人仍然出生于布列塔尼语的环境下，尽管在公立学校人们禁止他们说“土话”(当时的人们用这个词来指代布列塔尼语)，但是一到夏天，他们就可以庆祝“语言自由”了。布列塔尼语是属于街头的语言，适合大呼小叫、说粗话和对骂。对于另外一种语言，“巴黎亚纳人”的语言，他们有三个月的时间可以忽略它，把它丢在角落里，连同课本以及用过的笔记本统统丢进书包里。

他们都讲布列塔尼语，就像他们的父母和祖辈那样。后来，他们长大了，不再使用布列塔尼语，并不是因为他们忘记了这门语言，而是因为这是他们儿时的语言，属于过去的语言，那个时候，他们还不需要赚钱谋生，也不需要在学业上有所成就。我记得他们所有人，亚尼克、迈克尔、皮耶里克、伊菲克、保莱、埃尔文、范奇、索泽科，我记得他们的昵称、口音和动作，他们似乎是出生在另一个世界的最后一代人，如今，他们成了医生、律师、货船上的水手、舰长或飞行员，女孩们则当上了家庭主妇，成为了祖母、外祖母。他们所有人曾经在一生中的某个时刻决定不再说他们自己的语言，以便成为“法国人”。

为什么呢？他们为什么没有做出抵抗？为什么会认为布列塔尼语使他们沦为下层阶级，使他们陷入苦难和无知？我的同龄人（和我一起玩耍、一起用布列塔尼语聊天的男孩和女孩）都记得，如果他们在学校说这种语言，就会受到惩罚，哪怕是在课间。这是国家教育部门的指令，这个指令的执行者是那些自己也说布列塔尼语的小学老师。法语才是法国的语言。到现在，这种状况都没有改变，政府最近的声明对所有的地区性语言都怀有同样的敌意，比如科西嘉语、阿尔萨斯语、奥克语（以及克里奥尔语，即使它是使用最多的方言，在未来的宪章中也没有提及）。同样的政策也迫使下布列塔尼地区[①]的教士放弃用布列塔尼语做礼拜或布道。六十年代，年老的本堂神甫们很自然地接受了更新换代，就像在圣马林和孔布里一样，在那里，我们曾经是唱诗班的孩子。他们被穿着绿色长袍的、讲法语的年轻教士所取代。当然了，年轻教士们看上去比他们要好很多，那些年老的教士常年感冒，经常在布道中停下来，喘着粗气，从袖子里拿出一块手绢。

不过，这一切都只是改变的表象，不是改变的根源。布列塔尼语被遗弃的真正原因在于布列塔尼人自身。那个时候，就像刮起了一阵猛烈的风，席卷了整个布列塔尼，从上到下颠覆了所有制度，对现代化的渴望使得坚守传统成为了耻辱，继承祖辈引起了对落后的担忧，贫困成了一种忧虑。几个世纪以来，生活在乡下的人们只能在这种贫困中苦苦求生，而国家由于害怕身份认同的失败[②]，也使得贫困一直在

① 下布列塔尼（La Basse-Bretagne）与上布列塔尼（la Haute-Bretagne）相对，在布列塔尼以西，这里依然维持着讲布列塔尼语的传统。

② 布列塔尼在15世纪正式归属法国之前一直是独立的公国，直到今天，在布列塔尼地区仍然有一些民族主义者认为，该地区应该恢复政治独立。

持续。(高更[①]不是没来由地前往蓬达旺定居，他在那里描绘布列塔尼人，以及布列塔尼女孩，就像五年之后，他描绘塔希提人一样。)

放弃母语（在下布列塔尼，人们自出生、成长一直使用的语言）的这一代人，在冲突中常常处于前沿阵地，尤其是在最后一次强加给农民的殖民远征中——阿尔及利亚战争。人们需要“粗人”——布列塔尼人和阿尔萨斯人，来做一些“脏活”，负责处决阿尔及利亚犯人。

语言的变化大概是所有这一切中最让我震惊的。技术发生了革新，小块的土地被合并，斜坡和坑坑洼洼的路面都已消失，少数民族（在布列塔尼地区，其实是多数）的文化身份特性被涵化、被抹去，诸如服装、头饰、生活方式、节日或庆典，所有这一切发生得如此自然，甚至没有引起我的注意。然而，在不到一代人的时间里，也就是十年左右（在我十五岁到二十五岁之间），不再随处都能听到用布列塔尼语演唱的歌曲了，从前，这些音乐，无论我在哪里都能听到，在孩子们的口中，在广场上，在渔船上，在教堂里，在咖啡店，在市场上。这种变化对我而言是难以理解、无法解释的，以及令人焦虑的，就像是魔杖一挥，一种人口代替了另一种人口。村庄、房子、小教堂还在那里，但是有些东西似乎永远消失了。

---

① 高更（Paul Gauguin，1848—1903），法国画家，一度离开巴黎，在布列塔尼的蓬达旺小镇（Pont-Aven）作画，后来到太平洋上的塔希提岛（Tahiti）生活。

或许，我把语言看得太重了？毕竟，我自己并不讲这种语言，就连小时候学会的那一点也已经忘记了。到了萌芽学校[①]建立的时候，在乡下，家庭中已经没有什么人讲地道的布列塔尼语。这些措施很可能已经无法补救。今天，我听着面向全国的布列塔尼语广播，有时候会觉得播音员说的是法语，他们的语音和土话的发音相差太远了，和我过去听到的二合元音、软腭元音、前腭擦辅音也相差太远了。银幕上出现的布列塔尼歌手们不像莫尔万兄弟或戈阿戴克姐妹[②]那样，是民谣的直接继承者，他们，尤其是一些后起的歌手，比如阿兰·斯蒂瓦[③]和达恩·阿尔·布拉兹[④]，以及"凯尔特人的遗产"[⑤]，他们的曲风混合着摇滚与复调。当然，他们的努力是对布列塔尼语言将继续存在的承诺，也表明了歌曲能够被激进人士所接受。在坎佩尔、洛里昂举办的大型音乐节上，怀旧起了主要作用，通过回溯凯尔特的历史，人们得以相互共情。不过，音乐和语言不完全相同，当我听到布列塔尼或苏格兰风笛时，依然能够感受到同样的震撼，正如往昔

---

① 萌芽学校（Les écoles Diwan），是以布列塔尼语授课的学校，Diwan（萌芽）为布列塔尼语。

② 莫尔万兄弟（Les Frères Morvan）与戈阿戴克姐妹（Les Sœurs Goadec）均为来自布列塔尼地区的三人演唱组合。

③ 阿兰·斯蒂瓦（Alan Stivell，1944— ），布列塔尼和凯尔特音乐家，同时也是一位凯尔特竖琴大师。Stivell 在布列塔尼语中意为"泉水"。

④ 达恩·阿尔·布拉兹（Dan Ar Braz，1949— ），布列塔尼音乐家，曾与阿兰·斯蒂瓦合作。

⑤ "凯尔特人的遗产"（L'Héritage des Celtes），一个音乐家团体，由布列塔尼音乐家发起。

岁月中那些雾气弥漫的夜晚，听到从旷野中传来的演奏声时，我所感受到的震颤。回忆中夹杂的情感，让我顷刻间寻回了既短暂又漫长的童年时光。不过，还有一些巨大的伤害不该被遗忘。二战期间，奥列尔·莫德雷尔和罗帕尔茨·埃蒙①隐晦地提出与纳粹德国联合，以获得布列塔尼的独立。布列塔尼农民为此付出了沉重的代价，他们必定不能原谅这种背离自己本性的联盟。至于“凯尔特”这个词，我们也不要忘记，在这次耻辱的联盟之后，带上了种族主义和排外的印记。对于世界上唯一独立的凯尔特民族——爱尔兰而言，这成为了一个耻辱。

在码头上，轮渡周边是孩子们集会的地方。我们每天都会去，就像那些找工作的工人一样，无论天气如何，通常是下午，一吃完午饭就去。我们的想法是登上小船去河湾里钓鱼。几乎所有人——至少我是这么认为的，都是渔民的儿子或女儿。我们学会了摇撸，系绳结，以及钓鱼的各种动作。在比格商店，我们买了二十米长的线，这种线被叫做“羊肠线”，其实就是透明的塑料鱼线，还有沉子和鱼钩。至于浮标，我们使用软木塞。抛出鱼线之后，我们便开始慢慢收回，同时留心着触动鱼钩的最轻微的动静。那一刻，我觉得再没有什么比那些冒失的鱼咬到了鱼线末端的鱼饵所引起的

① 奥列尔·莫德雷尔（Olier Mordrel，1901—1985），法国建筑师、作家和政治家。罗帕尔茨·埃蒙（Roparz Hemon，1900—1977），法国语言学家、小说家、记者和诗人。两人同为布列塔尼民族主义者。

轻微颤动更美妙了。这是一个游戏，但不止是游戏，我们能获得另外一种生物的回应，它们在鱼线的另一端，在黑漆漆的水下十多米的地方。微小的震颤传遍了我的手指，如同一条讯息，引起了战栗。大多数时候，我们收回鱼钩的时候，鱼饵已经不见了，这就需要再次挂上鱼饵。鱼饵是我们从河岸的泥土里挖出来的虫子，我们把它放进一个空罐头里。然后再花一些时间来学习如何把虫子穿过鱼钩上面打好的结。有时候鱼线会落入水底，被海藻和碎石缠住，这时就需要做一个新的鱼钩，打上某种特殊的结。我们和大多数男孩一起加入这场钓鱼的“远征”，特别是雷蒙·贾夫里的儿子让。通过让，我们登上了他祖父的船。老卡多雷从前是渔民，他只会讲布列塔尼语，有时候会陪我们一起钓鱼。我们钓到的鱼大部分都是鰕虎鱼，竖着倒刺，身体黏糊糊的，通常我们会把它们扔回水中，不过时不时地我们会钓到一种蓝色的鲭鱼[①]，浑身亮闪闪的。如今，已经没有钓鱼的小孩了。有时候能看到度假的孩子们，站在河岸边，手里拿着一个可笑的捕虾网。

雷蒙·贾夫里是当时我们非常崇拜的人，不过，我们并不了解他。所有人都说他是村子里最好的渔民，因为他完全不惧怕恶劣的天气，每天都去捕虾。他的双手长满老茧，面部皮肤发红，皱纹很深。不捕虾的时候，他就画画。雷蒙的油画画风质朴，他常常照着明信片临摹，画海岸或是其他风

① 布列塔尼语将这种鱼叫做 brezel。

景。他的妻子卡特琳娜有几次邀请我们去她家，展示他的新作。很多年后，那时候我已经不再回圣马林过暑假了，他的女儿罗斯里娜·贾夫里出版了一部书，在这本精美的书中，我了解到雷蒙·贾夫里一生中有相当长的一段时间都在海上漂泊。他是“朱顶雀三号”的舰长，也就是属于格温-阿埃尔·博洛雷[①]的一艘舰艇。他熟悉所有的海域，直到美洲和塔希提。但他没有和任何人提起过这些，也从来没有炫耀过。在不出海之后，他自然而然地开启了作为渔民的生活。他表现出那个时代的水手和渔民的英雄主义，淳朴而真实，他们靠自己双手的劳动谋生，保持着精神上的独立，蔑视工业化和水产批发商。他们是那个时代生动的象征，不夸夸其谈，没有不切实际的要求，是最后一批表现出阿摩尔[②]文化的人，独立而真实。

如今，还剩下什么呢？现代社会不适合自给自足的人。或许，在莫尔比昂海湾、桑岛海峡中还存在着一些人，他们登上渔船，在漩涡和风暴的中心抛出鱼线。但他们只是例外。至于我所谈论的时光，也就是我十岁时，在圣马林、圣盖诺莱、洛克蒂迪、吉尔维内克，有很多人都过着这样的生活。在那个时代，勇气与坚韧将海岸上所有的地方连接在一起。

那个时代是如何消失的？在这么短的时间内（也就是五十年代到七十年代之间），似乎有什么东西凝固了、离去

① 格温-阿埃尔·博洛雷（Gwenn-Aël Bolloré，1925—2001），法国商人、出版商，参加过抵抗运动。

② 阿摩尔，法文为：Armor，指布列塔尼的沿海地区。

了、消失了，只留下一些痕迹，几艘残破的木船，破烂的渔网，还有海滩上曾被用作漂浮筒的玻璃球。

当然，人们会谈起八十年代影响了整片沿海地带的渔业危机，当时，欧洲的法令由技术官僚所制定，这些法令使古老的生活方式遭到了重创，布列塔尼的渔民被要求放弃他们的渔船，成为罐头厂的工人。就这样，从前繁荣的港口变成了仓库，渐渐失去了活力。渔民们尝试抵抗，一九九一年他们曾走上大街，走向了布列塔尼议会宫。在雷恩，他们与宪兵队以及从巴黎派来的防暴警察对峙，那一年，议会宫甚至像大革命时期一样着了火。然而，大多数渔民还是消失了，一同消失的，还有拖网渔船进行工业化捕捞的鱼。

勒杜尔夫人

我记得有一位女士，她是一名农妇，我们每天都去她家里打牛奶，她就是勒杜尔夫人。她住在一个古老的小农场里，花岗岩围墙，茅草屋顶，位于凯尔加拉德克的边界，离海不远。我一直都不知道她的名字，也不知道她未婚时的姓氏。人们叫她勒杜尔夫人，这就是我所知道的全部。她说布列塔尼语和法语时带着蓬拉贝地区的口音，就像唱歌一样。我的哥哥，从很小就对语言感兴趣，跟她学习过布列塔尼方言，后来，他发现这种方言太古老了，几乎没什么人能听懂。她说了什么？就像所有布列塔尼人一样，她喜欢描述天气。她说话的时候，我能听懂一些词是在谈论雨和云，比如，glav，glao，glaobil，glao stank，glao sil，glaoier，ailhenn，ibistrenn，指倾盆大雨、细雨或毛毛雨……她说句子的时候，音调就像在说谚语，比如：Glav a ra abaoe derc' hent dec' h，意思是：雨从前天开始就没有停过。当她谈论雾的时候，她的词汇也同样丰富：al latar，lusenn，listen，ar koubreg，brumen a raio en noz，雾从海上升起，遮住了松树的树冠……

去勒杜尔夫人家里买牛奶是个借口。当然，这里的牛奶比比格家的桶装牛奶要好，所有人都知道比格家的牛奶掺了水。我们喜欢每天日落之前出发，穿过荒原，走到荆豆丛中一座孤零零的小房子前，房子面对着沙丘，就像一座仙女的房子。我们一到，甚至还没有进入大厅，就能闻到浓浓的奶牛的味道——冬天，墙壁上开着的一扇窗使牛棚的热气蔓延到了房间里。我们得睁大眼睛往里走，因为还没有开灯，那里只有一盏油灯，到了晚上才会点亮。在半明半暗之间，一切显得有些怪异，一张厚重的木桌，几把凳子，几口锅，房间深处靠着壁炉一侧的墙壁放着两张柜式床[①]，床上镶着黄铜钉子，一张是勒杜尔夫人和丈夫的，另一张是他们收养的两个女儿的。夯土地面，天花板上横着一道道被烟熏黑的小梁，在小梁之间，我们能看到茅草屋顶的内侧。对于我们两个曾经在非洲、在尼日利亚生活过很长时间的孩子来说，这不算简陋，但是在布列塔尼，这一切有种古老的神秘感，就像是来自多雷[②]所绘制的佩罗[③]的童话。“贫穷”并不是确切的词，这个地方仿佛存在于时间之外，被现代文明所遗忘。是的，我们像走进了一幅画。

勒杜尔夫人是个矮胖、结实的女人，她总是穿着黑衣服，系着围裙，她从来不穿礼服，也不会戴那种很夸张的花

① 柜式床，或衣橱式床，布列塔尼地区传统的家具，外表看起来像一个衣橱，推开门是一张床。

② 古斯塔夫·多雷（Gustave Doré，1832—1883），法国版画家、雕刻家和插画家。

③ 夏尔·佩罗（Charles Perrault，1628—1703），法国童话作家，著有《鹅妈妈的故事》。

边帽子，她的发髻上，只戴着一个小小的老式黑色丝绒蝴蝶结。她总是穿着木屐，进门的时候会换上毛毡拖鞋。我们从来没有在她家里见过她的丈夫。他是农场工人，总是穿着破旧的衣服、沾着泥巴的旧鞋子，他戴着八角帽，很瘦弱，但是喝完酒会变得暴力。他完全不说法语。有好几次，他醉倒在家门口，我们不得不从他身上跨过去。他从不跟我们说话，总是用蔑视的目光看着我们，我们是仅有的两个会去他家里的外地孩子。

人们从来没有见过勒杜尔夫妇去望弥撒。他们可能是共产党员，那个时代有很多共产党员。这是一种悠久的革命传统，继承自扎克雷起义①和朱安党叛乱②。在这个地区，中世纪末期的农民动摇了领主的统治，十七世纪的红帽子起义引起了蓬拉贝地区王权的血腥镇压。我还记得我的祖父，他是毛里求斯人，住在巴黎，来这里度假的时候在杜瓦讷内门附近受到了工人的攻击，他们侮辱他，朝他吐口水。祖父是一位优雅的医生，他们却把他当成了老板。

勒杜尔夫人家里有两个孩子，她们跟我们年龄相仿，一个十岁，一个十二岁。年纪小的那个叫让奈特，又瘦又黑，另一个叫玛丽斯，更高更强壮一些，五官端正，头发很漂亮，梳着发髻。这是勒杜尔夫人收养的两个女儿，也可能是救助组织托付给这对农民夫妇的。每年夏天，我们再次见

① 扎克雷起义，最初指1358年法国的一次反封建农民起义，是中世纪西欧各国较大的农民起义之一。后来，也用来指大革命时期的农民起义。

② 朱安党叛乱，是指1793年至1801年间发生在布列塔尼的一场叛乱。

到她们时，我都感觉她们没什么变化。不过，她们看起来很成熟，她们从不参加圣马林其他孩子的游戏，但愿意和我们同行。她们法语说得很好，只有偶尔取笑我们的时候，会说悄悄话。我们之间存在着一种奇特的关系。她们是两个穷孩子、被遗弃的孩子，由农民家庭收养，我们则是从外地来的孩子，是游客，是“巴黎亚纳人”，是不成熟的、被生活宠坏的小孩。我猜想，对她们而言，这两个来度假的男孩拥有她们所缺失的一切，比如钱（尽管只有几法郎，但是足够去埃利亚斯夫人的商店买糖果）、新衣服，尤其是有亲生父母，所有这些让我们在她们身上获得了绝对的优越感。

我们并没有一起玩耍，也没有真正交流。她们似乎在另一个世界长大，那个世界的孩子们不会嬉笑打闹。她们很小就开始学习在田里和家里干活，她们的双手因为锄地、洗衣服已经结了老茧。我们本可以在和她们的接触中学习布列塔尼语，就像和码头上的那些小孩学习一样，但是似乎有人禁止她们和我们讲布列塔尼语，并嘱咐她们要提高法语，学习良好的教养。

不过，在这方面，我们可不是好老师。天气好的时候，我们会去海里游泳。她们穿着衣服坐在沙滩上看着我们，她们很可能不会游泳，也没有泳衣。如果她们靠近海岸的话，我们就用水泼她们。这个游戏带有某种恶作剧的成分。女孩们光着脚在海边奔跑，海水很凉，我们朝她们泼水，想让她们尖叫，但是她们并不出声。她们再过来，我们再泼水。之后，游戏逐渐变得更加激烈，甚至有些残酷。我感受到一种奇特的乐趣，混合着羞耻感。当两个女孩逃离海边，躲在更衣室屋檐下的时候，我们就捧起沙子向她们扬过去。沙子撒向她们的肩膀、脑袋，但她们没有打算逃跑，而是弯下腰，双臂环抱在膝盖上，把脸埋在手里，以此保护自己的眼睛和嘴巴。

她们大概也有点喜欢这么玩，因为只要农场的工作允许，她们每到周六、周日都会来。每年夏天，我们都能找到她俩。她们就像是我们长大之前的准女朋友、我们的受气包、我们的小伙伴。关于她们俩，我的记忆并不清楚。让奈特的眼睛很蓝，乱蓬蓬的鬈发像是吉普赛人的头发，肩膀很窄。大一点的玛丽斯（这两个名字与中产阶级完全不沾边，不像母亲在洛克图迪的朋友家里那些商人或牙医的女儿，她们叫做阿涅丝、尚塔尔或卡米耶）长得很漂亮，皮肤光滑，身体却有些壮实，已经有点像在地里干活的女人了。离开海滩之后，我们陪着女孩们走回农庄，此时，勒杜尔夫人准备好了可丽饼，不是那种精致的薄饼，也不是我们今天看到的那种夹杂着咸味的荞麦薄饼，而是真正的小麦饼，布列塔尼语叫做 krampouzen，很厚实，不加糖，也不加黄油。另外，还有几碗温热的苹果酒（冰苹果酒应该是美国人发明的）。就像所有小时候吃过的食物一样（比如，在外婆家里，她的女仆玛丽亚做的意大利土豆丸，或是面团子和奥戈贾[①]花生汤），我记得这种可丽饼的味道，记得又厚又烫的感觉，还有粗陶碗里苹果酒的丹宁味。在这个烟雾笼罩的昏暗农庄里，散发着奶牛的味道，一切既温和又粗野。我还记得阳光

① 奥戈贾（Ogoja），尼日利亚南部城镇。

透过打开的门照在油灯上，反射出的光线落在搁物架的餐具上、柜式床的钉子上，形成了菱形或花环的形状，记得那两个女孩的傻笑，她们通过这样的方式报复了这两个曾拼命向她们泼水、往她们的头发上扬沙子的男孩。

在路上[1]

我们在坑坑洼洼的道路上骑行，每年夏天，我们都会从孔布里的科南修理厂租借这种又老又笨重的类似德莱斯式[2]的自行车。这条坑坑洼洼的路穿过了田野和树丛，接着，在覆盖着蕨类植物和荆豆的两个大斜坡（ar kleuziou，我的姓氏[3]）之间凹陷下去。时间充裕的时候，当我们感受到路面上的泥土在轮胎下面颤动时，就从自行车上下来，推着车爬坡，我们会让疾行的牛群先过去，它们牛角朝前，随时可能踩踏到我们，不过，它们并不愚蠢，不会踩在自行车上。

在圣马林和孔布里之间，去往蓬拉贝的道路形成了一张交通网，我们可以穿过松树林或牧场去冒险。这些道路连通了村庄和偏僻的农场，当时，“土地合并”还没有开始，这场震荡促成了大农场主的财富集中，以及普通农民的消失，并在几年之内将濒临崩溃的经济转变为今天所说的“农产品

---

① 原文为布列塔尼语 War an hent。

② 19 世纪的一种木制无链条自行车。

③ 布列塔尼语的斜坡为：kleuz，变化之后发音类似作者姓氏的法语发音：Le Clézio。

加工业”。对于游客和度假者来说，为此感到惋惜不过是一件不痛不痒的事，但是对于很多农民来说，这是一个灾难性的结局。直到今天，人们还会很自然地谈起那些井，一些年老的农民在生命的最后阶段，为了不被关进收容院，选择了投井。那些砌着花岗岩和铺着茅草的小农庄成了巴黎人的第二住宅，而曾经在那里长大的孩子们，则被驱逐到巴黎，去工厂工作。

不，还是不要惋惜传统的布列塔尼乡村时光了，即使那些无法重现的事物为我留下了甜蜜又苦涩的回忆：铺着茅草的屋顶，雕刻过的房梁，浮木做成的椽子，掺有羊血的夯土铺成的像斑岩一样坚硬光亮的地板，巨大的烟囱，以及所有这些来自岁月深处的不同寻常的家具：壁橱、柜式床、餐桌、长椅、首饰盒、挂在碗橱钉子上的咖啡色粗陶餐具、被煤烟熏黑的锅、做薄饼的锅、长柄平底锅，还有布列塔尼人、苏格兰人和高卢人都吃的燕麦粥。今天的农庄与这些残破的记忆没有任何共同之处。胶合板餐桌代替了光滑橡木制成的古老物件，据说，曾经有一些推销人员通过花言巧语蒙蔽了淳朴的农民，用劣质家具换到了一些能被送进博物馆的物品。就这样，现代化的起居设备得到了普及。不过，有时候，回忆成了执念，一口老挂钟、一把婚礼上的勺子或是一只雕花的箱子会从现代化的物品中浮现出来，唤醒我对往昔的回忆。

这些坑坑洼洼的路将我们带到了奥代河边，这片树林似乎不属于任何人类，里面栖息着野猪、狍子、狐狸和獾。在一次远足时，我逮到了一只小跳鼠，我把它放进了上衣兜里。整个白天它都在餐桌上的纸盒里睡觉，到了晚上才活跃起来，最终从桌子上掉下去，摔断了脖子。

那时只有一条真正的公路，是通往蓬拉贝的省级公路，有一条岔道连接着去往坎佩尔的国道。当时，这条路特别窄，由于要绕开一些障碍物和鸡棚，道路蜿蜒曲折。路上的车并不多，仅有几辆小卡车和公交车在坡上艰难前行。上坡时，坡太陡的话，我们就推着自行车走，到了下坡的时候，再全速从这条通往蓬拉贝和朗布尔教堂的路上冲下来。今天哪个孩子这么做能不冒生命危险呢？蓬拉贝的大部分公路已经成为国道，汽车以每小时一百公里的速度狂飙，盲目地相互超车，陷入了某种机械的狂躁中。

从斜坡下来之后，我们能窥探到现代化最初的印记（我是说在蓬拉贝小镇），那里有一个丑陋的雷诺修理厂，刷着红白相间的涂料，不过，今天已经几乎看不到了。小镇的周围被一些建筑侵入，商场、车库、购物中心，到处都装饰着巨大的字母，环绕着一道道横幅和小彩旗。这让我感到城市在扩张的同时也在缩小。我们试图越过那些平屋顶，找到被挡住的教堂塔楼，然而什么都看不到。这个曾经如此原始的地区很可能是法国变化最大的地方。村庄之间的空地缩小了，重建之后，到处都是广告牌、超市位置的指示牌，还有标记出环岛交叉路口、环形马路的道路标志，以及信号灯。

行人都去哪里了？我们当初骑着自行车穿过蓬拉贝的时候，他们到处都是。村子里、马路上、广场上，到处都是。老人、年轻人、干活的人、推着婴儿车的妈妈，还有像我们这样的孩子，五六个一群，沿着路边走在马路上、十字路口，到处都是。

尤其是自行车。虽然没有中国那么多，但是也能随处看到。那时没有电动车，没有山地自行车，也没有轻便摩托车。只有重重的老式自行车，没有变速器，涂着又黑又亮的漆，带着镀铬的行李架或人造革的储物袋，还有橡胶挡泥板，以及刹车杆、发电机、反光镜。所有人都骑自行车，那些上了年纪走路不方便的人，那些穿着黑色长裙戴着帽子的女人。他们在路边骑车，驮着蔬菜篮子、板条箱，或是衣服袋。坡特别陡的时候，他们就下车推着走。或是坐在斜坡上抽烟、聊天，因为当时还没有发明支架，自行车就倒在草地上。防盗锁也不存在。在蓬拉贝或坎佩尔，如果是在商场前面，人们就把自行车靠在墙上，大家都这么做。如果是在家里，就把它靠在花园的入口处。人们不会拴住一辆自行车，像拴住一头牛或一匹马那样。人们也不会拴住一辆自行车，就像涨潮的时候，人们就把一艘小船留在岸边。谁会去偷一辆自行车，或一条小船？他们能去哪儿呢？我想人们也不怎么锁门，因为我从不记得我的口袋里装过钥匙。

勒科斯凯城堡

每年夏天，到了八月中旬，在勒科斯凯城堡都会有一场宴会。说起来似乎有些老套，但是这样的宴会我在其他地方从来没有参加过，一场梦幻般的盛宴。勒科斯凯（在布列塔尼语中有老房子的意思）在去往孔布里的路上，掩藏在松树林中，在一个牧场的中心。这座白色城堡显现出某种奇幻的色彩，就像童话里的城堡，它的建筑风格是维奥莱-勒杜克[①]所钟爱的中世纪风格，带有尖顶的塔楼和雉堞，涂着灰墁，装饰着条形的雕刻带，饰有很多窗户和天窗。唯一的一扇门镶着边框，位于一段楼梯的顶部，楼梯两侧建有弧形的石栏杆。就是这样一座城堡，装饰繁多，略显浮夸，看起来不那么真实，就像是从前被村民和革命者烧毁的那些房子的幽灵。它的主人莫特马尔侯爵夫人也是古老时光的幸存者，据说，她的家族可以追溯到十字军东征时期（这个姓氏让人想到《圣经》中的咸海[②]和耶路撒冷王国）。

---

① 维奥莱-勒杜克（Viollet-le-Duc，1814—1879），法国建筑师与理论家，热衷于修复中世纪建筑。

② 莫特马尔（Mortemart），可看作法语 Morte（死）和西班牙语 mar（海）拼合而成，联想到著名的咸水湖——死海。

除了参加宴会的那一天之外，人们不能进入城堡，只能远远地望着它，透过树木之间的缝隙，能够看到树荫中一个白色的幻影。但是，在八月的这一天，在盛夏的暑热中，侯爵夫人打开了她的家门，周边的人都可以进去，渔民、农民、像我们这样的游客，还有修女们。人们在草坪上玩“通博拉”[①]，还有很多孩子们的游戏，有小点心，可以钻进口袋里参加赛跑，或是参加布列塔尼格斗，还能看到布列塔尼的乐队表演。

侯爵夫人并不现身。大概是因为她太老了，她待在城堡里面，聚会就在她的窗户下进行。我依稀记得透过二楼的窗户好像看见过她，一个苍白、瘦弱的身影出现在大门上方。

周围所有的人都很尊敬她，据说，她曾经对抗过德国部队。在战争期间，德国部队为了安置军官征用了她的城堡，为了反抗德国的占领军司令部，她宁愿离开城堡住在坎佩尔的一个亲戚家，也不想和侵略者分享自己的城堡。拒绝与战胜者一起生活，这是一个老妇人所能表现出的唯一的英雄主义，孔布里人对她心怀崇敬。

无论如何，我们都不能错过这场夏天的盛宴。有几次，快到晚上的时候，八月的暴雨为它画上了句号。这个季节，周围的田地已经收割完毕，对麦秸的热情唤醒了我们，将我们带走。我们和其他小孩一起跑进扎人的麦秸垛，使密密

① “通博拉”（tombola），一种来自意大利的博彩游戏，获奖者可以得到实物奖品。

麻麻的蚊子四处乱飞。修女们开着2CV[①]穿过田野（德·菲内斯的电影[②]并非虚构）。男士们则聚在一起观看布列塔尼格斗或投掷比赛[③]。还有乐队在演奏，他们没有扩音器，尖锐的曲调中夹杂着布列塔尼风笛和双簧管的声音。近午，有一场户外的弥撒，就像朝圣节那样。但孔布里的老神甫并不参与其中，而是由城里的一个年轻神甫用法语布道，与此同时，信徒们唱起圣歌，其中有些人用的是布列塔尼语（Itron Santez Anna[④]）。到了下午，在一场熟肉和可丽饼的冷餐会之后，活动继续。游戏、比赛、格斗一直进行到晚上。这时候，舞会开始了，而我们已经骑着自行车离开了。

在此期间，我们察觉不到侯爵夫人的存在，她待在楼上的房间里，耳边是欢乐的喧嚣声。我们有时会看向她的窗户，仿佛看见她出现在那里，瘦弱而苍老，正向我们微笑着。

有谁还记得这些呢？二十年后，我很想再看看勒科斯凯城堡。然而，仙境一般的城堡已经不见了，靠近树林的地方，只剩下一座破旧的花岗岩农庄，低矮而简陋。侯爵夫人已经去世很久了，继承者更愿意将这座耗资巨大的白色建

① 2CV是1939年雪铁龙公司生产的一款实用小型轿车，外形类似大众的甲壳虫。

② 这里指电影《圣特鲁佩的警察》，1964年上映，由法国喜剧大师路易·德·菲内斯（Louis de Funès，1914—1983）主演，影片中有修女开着雪铁龙2CV穿过田野的镜头。

③ 一种游戏，参加者需要保持一定的距离，向一块方形板上投掷圆形的石片，让它们尽量接近事先投掷好的一块更小的石片，靠近者得分。

④ 布列塔尼语，是指歌颂圣母玛利亚之母圣安娜的颂歌。

筑处理掉，其中一位继承人甚至带着某种蔑视对我说：“什么？您竟然为那个‘甜品店’感到遗憾？”一条新建的公路吞噬了部分丛林，孩子们曾经迷恋的王国似乎变小了，只剩下几块草坪和几片松树林，对开车的人而言，那些幻境没有什么存在的必要。

圣马林，是水的味道（韩语中，人们用 hyangsu[①] 来表示乡愁）。在码头，当渡轮出发的时候，水的味道沿着堤岸弥散开来，混合着辛辣、酸涩、腐朽的气味、植物的刺鼻气味、鱼饵的气味，还有燃油的气味。涨潮时，水的颜色很深，退潮时，水变得透明，泛着黄色，下面的沙滩依稀可见。我早已忘记了孩子们之间说过的布列塔尼语，但是，对钓鱼来说，只需要几个词就足够了：a-paolev 是摇橹，krog 是抛鱼线，higenn 是鱼钩，bouhed 是鱼饵，a-treant 是说将刀尖插入鱼的脑袋里。不过，任何词语，无论是法语，还是布列塔尼语，都无法表达漂浮在水上的感觉，无法描述起起伏伏的波浪，太阳照在水面上反射的光亮，还有水流动的声音。如果河水渗进了小船，我们就用罐头瓶把它舀出去。有时候，烟尘般的细雨会将我们的衣服打湿。在这里，所有的水流汇成一条睡眠之河[②]，漫不经心地流动着，将我们带走，穿越了时光。

---

① 在韩语中，香水（hyangsu）一词的发音与乡愁一词的发音类似。
② 原文为布列塔尼语 ster ar sorenn。

收获季

我还想聊一聊炎热。

八月（布列塔尼语为 miz Eost，意思是收获的月份），在通往沙滩的路上，我们光着脚踩在坚硬、灼热的泥土上。我们曾经在尼日利亚生活过，在那里，太阳晒裂了红土地，烘烤着我们晾在外面的泥罐子。在布列塔尼，沙滩里满是蓟草的种子，我们跑着跑着，然后倒在沙滩上看云彩。

盛夏季节，收割庄稼是生活中重大的时刻。这一点，到今天似乎也没有改变。在法国，田野里会突然出现很多机械装置，一些轮胎巨大的庞然大物，上面安装着切割器、耙子、拖铲，它们循环往复，一边前进一边切断、砍倒麦苗，在光秃秃的田地上留下了打包在绿色或粉色塑料膜中的草卷，像是超现实主义风格的油画。在圣马林，那个时代（也就是五十年代），收割庄稼已经不需要用那种我在罗克比列尔山区[①]附近看到的长柄镰刀了。最早的机械收割机于十九

① 罗克比列尔山区（Roquebillière）是位于尼斯的市镇，在后面的《孩子与战争》中，作者再次提到了这段经历。

世纪末出现在美国，很快就来到了欧洲。在布列塔尼，机械化代替了古老的耕作方式，马匹和牛犁被封存在过去的记忆里。在圣马林，凭借着从孔布里农村周边的田地里租用的收割机，收割只需要一天。至于脱粒，得去那些大农场，比如，位于凯尔加拉德克区的科塞克家族的农场。把它说成节日不足以形容这个场景。它同时是一个重大的事件、一次考验和一场战斗。为了避免雨水使谷物发酵，一切必须在一天之内全部完成。收割好的小麦来自周围的田地，属于好几家人，它们被装上车，由拖拉机运送到农场。在农场，场地中心竖立着一台脱粒机，像是某种铁质或木质的建筑，脱粒机通过一条皮带连接着一台发动机。这个装置既古老又精巧，古老是因为机器的尺寸，精巧是因为仅仅依靠一个发动机就带动了整个系统，完成了这一切。

我们怎么知道什么时候开始脱粒呢？就像我们凭直觉就能知道侯爵夫人的宴会一样。事实上，每年夏天它都会发生，无论如何，我们也不会错过。大概是拖拉机的轰鸣声引起了我们的注意，这些拖拉机在各个区域的田野上收割庄稼。那个时候（阿摩尔滨海直到现在仍然如此），麦田一直延伸到海边的沙丘附近。收获的喜悦会感染所有人，甚至像我们这样的游客。收获日的前一个星期天，孔布里的老神甫在用布列塔尼语布道之后会讲几句话，然后让教民们一起祈祷，期望能遇上好天气。村子里所有的人都会谈论这件事，所有人都在等待。无论是农民、渔夫还是商人，无论是年轻人还是老人，大家都在等待那个时刻。

收割一大清早就开始了，拖拉机的翻斗里满载着一捆捆小麦，在路上来来往往。快到中午的时候，人们发动了脱粒机的引擎。我今天看到的那些老式脱粒机的图片与我的记忆并不十分吻合。它们似乎很遥远，带着民俗的色彩，缺乏人工的那一面，缺乏某种热情。大概因为我们当时还是孩子（就像所有的孩子那样，容易被机械玩具所吸引），脱粒机在我们看来是巨大而有力的，甚至是可怕的。这是一个竖直的装置，支架插入了院子里的泥土中，并被一些石块固定，从里面伸出一条传送带，一捆捆麦子从开口处进入，接着被传送到脱粒机的入口。引擎的声音、油污的气味、机器的颤动，还有小麦传送装置的抖动，所有这一切构成了不可思议的一幕。人们在机器周围忙碌着，一些人站在车斗上，拿着长柄叉，将小麦叉起来，另一些人站在机器的上方，把一捆捆的麦子放进机器中，小麦落到机器的底部，那里，工人们站在地上，拿着耙子把它们铺开。麦秆落在另一侧，先是被堆在一起，之后被捆好，然后垛在一起。在这个嘈杂的过程中，灰尘从农场中央升起，像一片云，它覆盖在大地、屋顶和人们的衣服上，刺痛了人们的眼睛，使人忍不住咳嗽。大部分工人都戴着帽子，一些人将三角巾围在嘴巴上，就像牛仔一样。噪声、震动、小麦的灰尘所引起的呛人气味都留在了我的记忆中。那个时候，我们还是孩子，是生活在南部的城里人，是度假的中学生，然而，我们无法把自己剥离开这种热情、这种乡村世界的胜利，我们感受到某种事物，大概没有任何一节历史课或地理课能教会我们这样的事情，这件事情将我们和遥远的过去相连接（事实上，在去往毛里求斯之前，我们的家族完全属于农业世界），不仅如此，甚至，它还使我们与人类的历史相连接。

收获的庆典一直持续到夜里，直到很晚。我记得自己走出了凯尔维尔，朝农场的方向走过去，我想看一看农场中心依然亮着的灯光，它照亮了灰尘所形成的那片云朵，我想听一听那种持续不断的颤动声，那是连接着脱粒机传送带的汽油发动机所发出的声音。最后，我又不情愿地回到了凯尔维尔，那天晚上，我无法入睡，长久地被那幅画面所震撼，画面上是一个吞噬麦穗的庞然大物。

夜　游

夏夜里，万籁俱寂，天空撒满了星星。我睡不着，似乎所有的神经都在颤动。于是，我起身从一楼的窗户跳了出去，我不想弄出声响，因为不想吵醒睡在餐厅的外婆。外面，月光将通往沙丘的小路染上了一层洁白。风一阵阵吹过，头顶上松树的针叶发出沙沙的响声。我隐隐听到了一阵持续的嘈杂声，来自远处，像是引擎的声音。不过，更加清晰而有规律的，是我的呼吸声混合着心跳声，这种跳动与颈部血管的搏动保持着相同的节奏。

我不害怕。或者说，我自认为不害怕。走过最后几幢房子之后是苹果地，接着就是海滩了。海关路[①]在左侧的旷野中延伸，我沿着海边，往海角的方向走。白天我们常常走这条路，退潮的时候能在水坑里捕捞到贝类和小虾，我们会在海滩上把它们煮熟。不过，到了晚上，我就不知道关于潮汐的任何事了，我看不见水坑，远处，大海在月光下发出

① 海关路（le sentier des douaniers），是著名的远足路线，全长2000多公里，沿着布列塔尼海岸弯曲延伸。

光亮。我听到了海浪拍击岸边的声响，随之而来，闻到了一种气味，这种气味在黑暗中更加强烈。它是海浪的味道，荒野的味道，像胡椒一样刺鼻。也是看不见的泥沙的味道，尤为明显的是外海的味道，混合着盐、海藻、悬崖、暗礁的气味。星星和月光交相辉映，它们似乎离地平线很近，不停地闪烁着，当然，也可能是渔船的灯光，渔船停在那里，准备收回捕鱼的笼子。我看着所有这些光，有一些是人类点亮的光，格莱南岛的灯塔，指示出伊尔蒂迪的方向，海角的灯塔一闪一闪，明亮刺眼，照在松树的顶端，勾勒出它们的轮廓，这轮廓仿佛镶嵌在云朵之中。所有的亮光都有自己的节奏，长久，或短暂，我似乎已经熟悉了这门语言，这让我既感到安全，也感到担忧，就像所有在夜里靠近大海的生物一样……我感到有些凉意，我只穿着短裤和一件短袖衬衫，光脚踩在凉鞋上。这里没有一个人，夜晚和大海都空空如也，天空也空无一物。如果说还有渔民的话，他们也不在这里，他们隐没在雾气之中，在庞马尔海角一带，在靠近桑岛的地方。我继续沿着小路向前走，突然听到荆棘丛中传来的脚步声，几头逃跑的母牛一边走路，一边寻找野生的苹果。我小心翼翼地穿过荆豆丛，尽管如此，还是惊醒了远处农庄里的狗，它们在我身后狂吠着，当然，也可能是月亮使它们发狂。我在风声的掩护下坐在荆豆丛中的一块岩石上。那里有一群黑蚂蚁，它们永远也不睡觉。我深深地吸气，想要使我的身体充满大海的声音、海风的味道、星星和月亮的光芒。

一天晚上，夜幕还没有完全降临，我和哥哥被一阵布列塔尼风笛声所吸引，走出了村庄。有人正在石板房附近演奏。随着一阵阵风吹过，风笛的声音起起落落。没有任何缘由，我们把演奏者想象为一名德国游客。他在远离村庄的地方演奏，像是发出了挑战。那个时候，我刚读过罗伯特·路易斯·史蒂文森[①]的《诱拐》，这部小说很棒，讲述了戴维·鲍尔弗的旅行，戴维是一个年轻的清教徒，怀着对叔叔的仇恨，在奥利弗·克伦威尔时代穿过了革命中的英国。我记得有一个章节讲到，戴维观看了一场风笛比赛，比赛的双方，其中一个是他流亡时的同伴艾伦·布雷克，另一个是坎贝尔家族的首领之一、罗布·罗伊的儿子罗宾·奥格。他们两个轮流演奏了一些经典曲目，最后，艾伦不得不认输，他向他的对手说道："您是个混蛋，但我不配和您在同一个国家演奏。"

最终，我们没有靠近那位神秘的演奏者。我们只是听到了风吹来的音乐，音乐声停下的时候，我们一言不发，回到了村庄，回到了凯尔维尔。我猜想，是音乐使那个地方成为了永恒。世界改变了，它的习俗、它的面貌都改变了，它甚至忘记了自己的语言。但是，如果有人演奏起布列塔尼风笛，在那里，在某个晚上，在旷野中，在风雨里，为了不引起犬吠在远离住宅的地方，那么，所有我们认为已经消失的东西便会重新回来。

---

① 罗伯特·路易斯·史蒂文森（Robert Louis Stevenson，1850—1894），英国小说家，擅长探险小说。下文再次提到了这部小说中的情节。

马铃薯甲虫

在希腊语中 dory 是长矛的意思，phoros 是携带者的意思，doryphore（马铃薯甲虫）也就是“长矛携带者”。然而，尽管没有长矛，在五十年代，这种胆小却富有侵略性的昆虫吃掉了所有的土豆叶子，使布列塔尼的农业遭受了巨大的损失。为了驱除它们，人们甚至不再顾及猫、孩子和地下水，开始大量喷洒 DDT（一种农药）。在非洲，我们曾经接触过一些最可怕的昆虫，比如战蚁，它们如同凶狠的战士，开出一条笔直的路，穿越田野和住宅。还有黑蝎子，人们将它们驱赶出地下的巢穴，在它们身上浇上酒精，然后点燃。尤其可怕的还有蚊子，它们是疟疾的传播者。布列塔尼曾为我们保留着一份惊喜：不是迷路的金龟子，也不是在地下室的阴影中爬行的潮虫，而是这种出现在太阳底下的昆虫军团，黄黑相间，背上有十道规则的条纹，它们到处爬：马路上、花园里、牧场中，篱笆上。有时它们的数量太过庞大，以至于汽车压过它们，地上却没有留下车轮的印记。我们本应该感到害怕，然而，正相反，在我们看来，马铃薯甲虫是圣马林生活中存在的一种有趣、新鲜的元素。我记得，我曾在某个下午度过了非常愉快的一段时光。我坐在路边，先是观察它们，然后，尝试驯服这种动物。我打算创办一个马戏团，由它们表演这个马戏团的主要节目（当然，也是唯一的节目）。既然它们已经是一支队伍了，那么，我想要将它们训练成士兵。我设计了一条环形路线让它们学习齐步走，我给它们排好队列，不让它们相撞或拥挤。后来，有好多个夏天，我都是这群“小人族”的统治者。它们的爪子上带有一些小毛刺，此刻，我仍然能够感觉到自己的手掌和前臂的皮肤微微发痒。意外也时有发生，如果它们被碾碎，会有白色无味的奶油状液体从腹部流出，不过，我从来没有玩过孩子们玩的虐杀游戏，比如扯掉苍蝇的翅膀，把线系在金龟子[①]的爪子上，或者，更过分的是，就像我在圣马林经常看到的那样，他们为了取乐，把蛤蟆[②]放在门缝中挤爆。有段时间，我把那些最优秀的战士收藏在火柴盒里，喂它们吃马铃薯叶子，就像我想象中的罗马人对待他们的角斗士那样。等到我把它们放在地上时，我感到它们似乎比以前活跃了很多，跑得也更快了。我试着把它们带到其他地方，比如，让他们过桥，或越过一些拱形的物体，但是他们往往喜欢绕开这些障碍物。奇怪的是，没有一只虫子试图张开翅膀飞走，或许，它们已经接受现状，对它们的任务产生了兴趣。

成年之后，当我回到布列塔尼时，我曾寻找过马铃薯甲虫，但徒劳无获。这些入侵者来自美国，它们在十九世纪随

① 原文为布列塔尼语 ch’will。
② 原文为布列塔尼语 touzed。

着进口马铃薯从科罗拉多而来，之后，只要有人吃这种块茎植物，那么这个地方就会有马铃薯甲虫，也就是说，它们蔓延到了整个美洲和西欧。然而，经过一场残酷的灭绝斗争，它们彻底消失了。人类用“长矛”式的压缩机向它们喷洒了著名的DDT（也可能是新型农药，比如草甘膦）。由此看来，人类才是真正的“长矛携带者”。孩子们并不理解这些事情，对我而言，马铃薯甲虫的消失带来了巨大的空虚，这意味着生命的进程从我眼前消失了：从虫卵到幼虫，再到成虫，直到最后，这个小生命长出了翅膀，它们笨拙、贪吃、没有攻击力，背上的条纹酷似教宗的瑞士近卫队穿着的条纹制服。现在，土豆的长势变好了，但是在布列塔尼的土地上仿佛缺少了什么，或许，就是少了这一抹颜色？就像消失的虞美人一样，麦田之上，它们同样一无是处。

战　争

我随处都能看到战争的痕迹。一定程度上讲，我们那时仍然生活在战争的阴霾下。现在，我很怀念那个时代，那个短暂的时代，从童年开始，大约十岁、十二岁，一直到我进入成年世界之前，在我看来，那时的布列塔尼与今天的布列塔尼有着完全不同的意义。母亲最喜欢的是蓬拉贝地区，她在那里接受父亲的求婚，在那里生下了我的哥哥，我在尼斯出生之后，她又回到那里，在躲避了三个月之后，德国占领军司令部下令驱赶所有的外来人口，她不得不遗憾地离开布列塔尼，那里成了战争之地、废墟之地。当然，我没有任何当时的记忆，我最初的回忆更多地与尼斯腹地相关联，我们曾在附近躲避战乱。

母亲很可能想回到那里，回到她真正的故乡。一战期间，她在布列塔尼度过了大部分童年时光。二十岁之后，她每年夏天都会和父母一起回去度假，大部分时间待在杜瓦讷内、圣米歇尔-格雷夫、洛克蒂迪。在与堂兄的婚礼过后，她选择在勒普尔迪度蜜月，父亲买了一条小船，他们在莱塔河游泳、划船。我看到过一张当时的照片，他们站在岸边，父亲穿着渔民穿的那种粗布裤子，母亲穿着一条背带裙，他们都穿着木鞋。那是父亲去往非洲之前，那个时候，他们还不曾经历战争所带来的残酷隔绝。那个时候，他们幸福地陪伴在彼此身旁。

一直到圣马林，我都能看到战争的痕迹。五十年代，在田野中还能看到一些小型掩体，在海边的白沙滩上，有的地方还有混凝土墙体的残骸和生锈的挡板。退潮的时候，偶尔我能在海边捡到一些土黄色的老罐头盒子，里面装着猪肉或炼乳。有一天，我们来到海滩之后，看到一群孩子聚集在海边。靠近之后，我看到了一个令人难以置信的可怕东西，那里漂过来一枚水雷，黑乎乎的，泛着暗绿色，上面有一些倒刺，就像螃蟹的爪子一样，周围缠绕着一团海藻，在温柔的海滩上显露出死亡的印记。过了一会儿，宪兵赶来了，在扫雷员拆除引线之前，孩子们不得不躲在沙丘后面。

战争的传说在圣马林流传，布列塔尼的居民像是陷入了昏厥状态，无法理解这一切。恐惧，伴随着愤恨。人们不得不承受自己并不理解的事情，一大群外来者出现在这片乡野之地，记忆被扰乱。在普朗，一个小男孩身上发生了一场意外，夜里，他跑到外面，就像我曾经做过的那样，海滩上正在掩体中执勤的哨兵朝他大喊了一声：Was ist das？[①] 男孩在逃跑时被枪击中，腿部受伤。德国兵走过来，看见男孩受

① 德文：那是什么？

了伤，抱着他赶到附近的农场，征用了一辆马车，把孩子送到了蓬克鲁瓦的医院。就在同一个地方，另一个哨兵正在朝一个偷偷捕鱼的农民开枪，将他射杀。

一九四〇年四月，我们（妈妈、哥哥和我）待在尼斯——我出生的城市。五月，我们回到了布列塔尼。我的父亲试图从卡诺穿越撒哈拉，到达米尔斯克比尔，却徒劳无功，他坚信这是一场漫长、血腥的战争，因此，做好了计划，想要经由英国，将我们接到南非。那时他并不知道（法国人自己也不知道），当我的妈妈躲在蓬拉贝，听到广播里说，我们的部队在马恩河前线英勇地遏制住敌人时，透过厨房的窗户，她就看得到德国士兵在大街上列队前进。

这是德国人胜利的时刻。事实上，母亲比其他人更加能够控诉敌人（无论如何，她拒绝使用“德国佬”这种贬义的称呼）的这种虚张声势。她向我讲述了侵略者经过布列塔尼街道时的场景：那些年轻男子，几乎还是孩子，光着上身，露出古铜色的皮肤，带着取乐的神情，大概与我今天在死灵海湾[①]看到的那些冲浪的男孩并无二致。对他们而言，战争已经结束了，某种意义上说，长假开始了。他们并非咄咄逼人，也没有蛮横无理。布列塔尼是他们的圣杯，是他们在战壕里，或是在卡车的篷布下面，去往西部的路上憧憬过的地方。人们无法走得更远，布列塔尼是所有战争的终点。一九四〇年的夏天，他们无法预料，一切其实刚刚开始，有

① 法语原文为 la baie des Trépassés。

一天，他们会被击退，在盟军的炮火和抵抗组织的谋略之下，他们将无力反抗，苍白虚弱、饥饿恐惧。母亲当时无法进行这种类比。那时的男人，在布列塔尼，就像在大多数占领区一样，都是囚犯。人们对他们一无所知。也没有人知道在东部前线发生了什么，不知道犹太人被迫害，不知道黑市的肮脏交易，也不知道发生在巴黎的对爱国人士的检举和对共产主义“瘟疫”的根除。妈妈能看到的是，在她寻找牛奶和蔬菜的路上与她交错而过的男人，他们无忧无虑，充满年轻人的天真。不过，那时候，她已然预见到了他们悲惨的命运。

后来，母亲经历了很多个心灰意冷的时刻。她被蓬拉贝的占领军司令部传唤，一名傲慢的官员通知她带着食物，带着年老体弱的父母尽快离开。男人在向她下达了流放的命令之后，补充道：“你们在布列塔尼待得够久了，现在，轮到我们来享用它了。”离开布列塔尼，对母亲而言，意味着被逐出天堂，因为这里有她所钟爱的一切，此外，她又能去哪儿呢？去巴黎，他们没有钱，他们失去了一切。带着两个孩子，其中一个尚在襁褓之中，开着一辆破旧的轿车穿过战乱中的国家，去往南部，无法确定能否获得足够的汽油，这意味着生命危险。与此同时，这也意味着父亲的希望破灭了，他原本期待我们可以坐上渔船，到达英国，从那里出发，去往世界的另一端，那里没有疯狂的战争。

然而，德国指挥官的命令是不容置疑的。母亲在她的老爷车里装满了食物和日常用品，踏上了旅程。

去大海

在炎热的夏日里，大海似乎能唤起对冬天的记忆。一九五〇年，当我们从非洲回来的时候，我们体验了这里的海——之前，是地中海，当然，我们已经忘记了在去往尼日利亚的路上曾经感受过塔科拉迪海湾满是泡沫的海水。为什么我会想起这里呢？或许是因为在这里我真正学会了游泳。此前，我不过是蹚水，或者在阿巴卡利基[①]的行政官员游泳馆套着由卡车轮胎改装的救生圈漂浮。十岁时，在泽西岛的圣望海滩，我上了真正的游泳课。那里与圣马林是同一片海域，汹涌澎湃、神秘莫测。退潮之后，大片的沙滩显露出来。我和哥哥冒险走近了海浪，就在这时，海水突然上涨，包围了我们，我们甚至没有看到它的迫近。当时正值九月，秋分之际。天气很冷，天空和大海都是灰蒙蒙的，海风开始吹动，海浪向我们涌来，发出闷雷一般的声响。就这样，孩子们的海滩游玩变成了一场恐慌。那个时候，我在外婆的

① 阿巴卡利基（Abakaliki），尼日利亚南部的一座城市。

书房刚刚读过《海鸥岩》[1]，当然，这本小说现在我已经忘记了。大海将它的舌头伸向了硬实的沙地，逐渐填满了低洼的地方，海水连成了一片，它的力量越来越强大，就这样，形成了一座沙子小岛，我们被困在了上面。哥哥比我高一些，他越过海浪，回到了海滩上，做出了让我回来的手势。那一刻，我有点犹豫，海岸很远，弥漫着雾气，与此同时，将我与海岸分隔开的水流越来越猛烈，海浪像惊雷一般，向一个或另一个方向涌动。我知道自己必须下定决心，于是，冲进了冰凉的海水，起初只有齐腰深，突然，我的双脚无法再感觉到地面，只能被海浪拖着走。在泳池里上课时学到的蛙泳，此时没有任何用处。在这样的状况下，我只能像小狗一样游泳，把头露在外面，屏住呼吸，用手臂划水。过了一会儿，我感到我的脚踩在了沙滩上，于是，我摆脱了海浪，双膝着地爬了上来。我在坚硬的沙地上朝着海岸奔跑，海风刺痛了我的耳朵。这是我第一次游泳，第一次感受到力量和胜利。我游泳，我会游泳了，而且永远也不会忘记怎么游泳。是大海教会十岁的我如何越过海浪，是大海向我指出了道路。在圣马林，在慕斯特林，在火炬海。无论我去哪里，我都能够穿越、滑行、飞翔。

---

①《海鸥岩》(*La Roche aux mouettes*)，是法国作家儒勒·桑多（Jules Sandeau，1811—1883）的作品，讲述了 12 个孩子在海上遇险的故事。

退　潮

就像所有生活在海边的孩子一样，有很多秘密是我在退潮中发现的。在圣马林，去海边的时候，我并不会考虑潮汐（尽管对于在布列塔尼度假的大人们来说，海水上涨意味着他们可以泡在温热的海水中，泡在沙子和海浪卷起的泡沫中）。有好多次，我在退潮的时刻来到海边。在孔布里海角，那里没有任何建筑，没有堤坝，完全是野生的、幽暗的，大片平坦的岩石每天两次显露出来。海水退去，水底裸露的样子有点奇怪，甚至有点色情。在每月两次的大潮汐期间，海水会退到很远的地方，我们似乎能够触及海洋的最深处，可以像儒勒·凡尔纳小说里的潜水员一样在海下行走。人们在覆满海藻的尖锐暗礁之间，沿着低洼的地方走，有的地方有海葵，因而染上了血红色，这些威胁着生命的黑洞，必须要绕开。我对贝壳或小虾并不感兴趣。这时候的感觉，像是在梦中行走，迎着深埋的宝藏或怪兽出发。

我从没有遇见过它们。不过，我经常碰到一种生物，尽管我并没有真正看见它：在最远处的水洼中，事实上，更像是湖而不是水洼，那里离海特别近，甚至每次海浪拍打在周围的礁石上，都有海水溅在我身上，从我的腿上流下来。就在这个地方，总有一条章鱼从它的藏身之处探出来，寻找我。它慢慢地伸出触手，触摸着我的脚丫。我看不见它，只能一动不动地感受着它轻轻触碰我的脚趾。它似乎是想遇见我、认识我。借着光亮，我能看到它淡淡的烟雾色的触手划过水底。它认识我。每次我来的时候，它都会伸出手臂触摸我。一开始，我有点紧张，它似乎也有一点。在尼斯（没有潮汐的地方），我见过渔民在地中海的沙滩上翻转章鱼，使它们窒息。这种生物在阳光下很闪，它们的触手和墨囊乱成一团。很快，它们就将死去。在这里，退潮的时刻，我不在家中，而是在章鱼和各种鱼的世界中，远离了人世间。我设想，一定有人很容易就能抓住这条章鱼，用一个钩子，把它从窝里钩出来，然后翻转过来。我没有和任何人说过我的秘密。如果我和哥哥以及女孩们，也就是玛丽斯和让奈特一起来这里钓鱼的话，我会让他们远离有章鱼的水域。这是我的秘密。退潮的时刻，我独自一人进入水洼之中，章鱼轻轻地从洞里滑出来，围绕着我的脚踝，触碰我的脚丫。这个时候，只要我一动，它们就会缩回去。于是，我就在风声和海浪声中静静待着，一动不动。今天，明天，一生。相遇终会实现。

在孔布里海角，潮汐留下了很多水洼，这些水洼有一种魔力，是任何一个水族箱都无法给予我的。这片幽暗、神秘、芳香的水域是我们能看到的古老生命的起源地，它悬浮在大海与陆地之间，做好了准备去冒险，去占领那些显露出来的地面。每一次靠近它们的时候，我的心都会激烈地跳动，像是即将奔赴未知的相遇。我不想在那里捕捞。捕虾网在我看来是可笑的。风磨平了水面，像是穿过镜子一般，我窥探着那些并不熟悉的生物。一些动物，或植物，或两者皆是。尤其是海葵。最微小的碰触也会使它们收缩起来，只留下一个淡红色的硬管。当它们再次展开的时候，橘色的花冠泛着珠光。我想象着它们正透过镜子的另一侧观察着我。围绕在它们周围的是一些不知名的微小生物，一些鱼苗，以及透明的甲壳动物。我产生了一个封闭世界的想法，并被这个想法所吸引，我觉得这是一个完满的世界，再没有别的需求。每天两次，它们在涨潮时的飓风中努力坚持，隐藏在自己的洞穴中。到了退潮的时候，则完全放松，在阳光下舒展，就像张开的牡蛎或帽贝一样。

孩子像成人一样善于捕捞。我们几个人（和村里的小孩或那两个女孩）在水洼里捕捉小虾和螃蟹，将帽贝从岩石上剥离。我们在海角避风的一侧，用干海藻和漂来的木头点火，在一个有些生锈的罐头瓶里用海水烹饪我们的海鲜。尽管它们带有碘的味道，隐隐约约还有海藻燃料的味道，我依然觉得自己从未吃过这么美妙的食物。这种感觉就像在品尝大海。

火炬角

火炬角在布列塔尼语中叫 Beg an Dorchenn，Dorchenn 其实是山丘的意思，也可以指靠垫。如果说世界上某个地方的大海美得令人震撼，那就是火炬角了。从圣马林出发去往火炬角的路似乎没完没了。妈妈不想自己发动她的车，就让村里的孩子们帮忙推动，就这样，这辆老爷车再次负重启程，它晃晃悠悠、一路颠簸地向西部驶去。那个时候，大部分公路都没有铺沥青，路面坑坑洼洼（我的父母把那些坑叫做“鸡窝坑”[①]），似乎还带着最后一次轰炸的痕迹。

经过了蓬拉贝和圣让-特罗利蒙之后，圣盖诺莱公路向着阳光和大海的方向延伸，径直通往海角。到达火炬角时，一切令人震惊。荒野之上，迎风立着几座低矮的农庄，种着几棵发育不良的树，枝干扭曲，就像弯着腰的小老头，还有一些怪柳篱笆。我们来自圣马林迷人的乡间，那里有大片的苹果树，绿色的草坪，度假者居住的砖房子，漂亮的乡间茅

① 鸡窝坑，法语为 nid-de-poule，这个表达起源于道路铺设尚不普遍的时代，母鸡偶尔会在道路中间的洞中下蛋。

舍周边围绕着小花园，里面种植着粉红色的玫瑰和蓝色的绣球花。来到这里，对我们来说像是进入了蛮荒之地。

山丘面朝大海，就像一个黑色的船艄，一个在海难中几乎折断的船艄。对于我们这些从战火中走出的孩子而言，这个地方具有某种今天已不复存在的意义。这里还残留着德国士兵在山丘顶端修建的碉堡。当时，有人说德国人把这个地方伪装成史前建筑，他们在那里竖起石头，为碉堡盖上土，将其伪造成墓地的样子。后来，当我得知一切正相反时感到很吃惊。事实上，德国人恰恰是利用那个建筑来掩藏他们修建的碉堡。我们没有进入碉堡。就像大部分这样的区域一样，碉堡里面荆棘丛生，入口处散发着尿液和发霉的味道。对我来说，这是一个黑魔法之地。与仙女的城堡恰恰相反，这里是战争和死亡之地。我们在让人流泪的狂风中左摇右晃，感受到大海的力量，听到海浪拍击在岩石上的声音。雾气集结在海角的每一个方向，从海平面上升起。一团团泡沫奔涌而来，一直蔓延到荒野之上。在火炬角，比在拉兹角或拉凡角更让我感到自己身在世界尽头[①]。大海带着战争的痕迹，碉堡的黑色残片混入了岸边的沙子当中，被锈迹侵蚀的水泥挡板则留在了沙丘之中。

我经常回到火炬角，比回圣马林更频繁。或许是因为我一直觉得这个地方不会改变。每次当我身在布列塔尼时，我都会去火炬角，去追寻战争结束五年之后的记忆。世界变得很快，今天的孩子也来火炬角，但他们是为了别的事情。他

① 原文为布列塔尼语 Pen ar bed。

们踩着冲浪板，像鸟一样滑行在巨浪之上，甚至借助巨大的帆板穿过过去曾被认为具有致命危险的漩涡。这很好，忘记这里曾经是战场，辨认不出由俄国和波兰战俘修筑的碉堡残骸，这很好。然而，我，我做不到。在炫目的海面上，泡沫如雪一般刺眼，我看到了历史的暴行、凶残和欺骗。在青铜时代肃穆的建筑遗迹中，我总是能看到战争如巨鲨一般露出僵硬的黑色牙齿。

宗　教

从南部到菲尼斯泰尔，不仅意味着地理和气候发生了变化，整个世界都大相径庭。与布列塔尼相比，南部（尼斯）的宗教气息和传统习俗并没有减少：在那里能够看到各种宗教仪式，孩子们自然而然地参与其中，而不去追问缘由。然而，这是地中海式的、罗马天主教式的基督教，包括所有装饰、排场、活动都是如此。教堂金碧辉煌、气势盛大，能够看出拉丁庙宇和犹太会堂的风格，人们穿着夸张的礼服。还有一些节日在户外举行，在此期间，教徒们（我们已经开始学习教理，也身在其中）的游行长达数小时，队列中能够看到旗帜、华盖、圣体显供台和香炉，高音喇叭里还播放着赞美歌："啊，圣母……"一些共产党员胳膊肘支在栏杆上，面对着港口中祈福的渔船（当时的传统，现在已经消失了），露出嘲笑和讥讽的神色。

圣马林的宗教活动更低调一些。在圣沃兰教堂（为了取悦游客，教堂的名字根据想象中的人物改为了圣马林[①]），

① Sainte Marine 是基督教传说中的人物，这也是村庄得名的原因。

每周日十点的弥撒是全家人的仪式。狭窄的中殿迎来了镇上大部分居民，男士身穿海蓝色西装，女士穿着蓬拉贝民族服装，高高的发髻上装饰着蕾丝发带。在教堂里，男士带着男孩子位于右侧，女士带着女孩子位于左侧，这种排列一成不变，没有任何来由，总是如此，出于女士优先，出于善意，或出于习惯。

仪式举行之前，有些嘈杂，教徒们开始就座，一位身穿黑衣的矮小的老妇人从一排走向另一排，开始收取租用椅子的费用。最前面的三四排收费要更高一些，那里配备着藤椅和带有垫子的祷告台，后面几排要便宜一些，祷告台被一条木质的长凳代替，最后面也是最便宜的，那里只有几条供人们落座的长凳。老妇人依靠这笔费用维持生计，除此之外，她再没有别的收入，我猜想，作为条件，她可能还要负责维护和擦拭这些设施。这里的椅子很小、很轻，望弥撒期间，在身体肥胖的农妇们的身体下，在孩子们不耐烦的晃动下，它们一直咯吱作响。不过，望弥撒的氛围是庄严的，在这里，我从来没有见过类似尼斯小孩做出的那些失礼的行为，比如互相打闹，或是在神甫高举圣体时放响屁。

过道的另一侧，女士们非常虔诚（大部分人没有祈祷书，因为她们并不识字），她们唱着歌，念着拉丁文的应答词，用布列塔尼语重复着祷词，所有人穿着浆洗过的礼服笔直地坐在那里。对面的男孩们将目光瞟向女孩们——这是一周当中他们唯一可以对视的时刻，女孩们打扮得像娃娃一样，戴着发饰，红棕色的长发梳成了发髻。

也有人会缺席。相当一部分渔民不进教堂。周日，他们换上漂亮的蓝色西装，戴着爱尔兰风格的八角帽，不过，是为了去码头的咖啡店喝上几杯，顺便聊聊政治。

我们其他人（我和哥哥），通常穿着儿童唱诗班的衣服——鲜红色的长袍，白色的领子，我们就像都德[①]的故事里讲到的一样，使劲摇动铃铛，直到老神甫生气地做出手势，让我们安静下来。

这是一个时代的结束，另一个时代的开始，但我们一无所知。我们本以为这一切会一直延续下去。那个时候，布列塔尼的教会仍然承担着最初的角色，当年，爱尔兰和威尔士的圣徒来到这里使阿摩里卡基督教化，圣桑松、圣图迪、圣罗南、圣伊夫、圣图格杜尔、圣吉诺雷（或圣科诺根）坐着石头船穿过了芒什海峡。由他们建立的教会更趋向于修道院式的，而不是罗马式的。教会在旷野上，在金雀花丛中诞生。它代表着权威，是居民们的保护者，在那里，信徒围绕在修士的身边，神甫带来了法律和文化。他们承担了所有职责，比如日常祷告、驱魔祭祀、提供建议，以及在葬礼上祷告或为生病的人祈祷。然而，在我的童年时代，这一切正在消失，用布列塔尼语念出的祷词、唱出的赞美歌，在传统的布列塔尼朝圣节上，无论是节日的氛围还是游客的好奇心，都已经残存无几。

布列塔尼不是特例。全法国的宗教都更加理性而有序了。在尼斯，游行的队列、海边和船上的祈福都被市政府以

① 都德（Alphonse Daudet，1840—1897），法国作家。

扰乱交通为由禁止了。在我不回布列塔尼的这段时间，也就是我的青少年时期，大教堂空空如也，小教堂都关闭了，废弃了，其中一些被改造成博物馆或第二住宅。教士们遵循轮换制，他们不再是本地人，而是来自其他地区，甚至其他大陆。金色的祭披变成了绿色。祭坛也改变了方向，就像剧场的舞台一样，面对着观众。为了不冒犯那些不信教的人，神甫以及其他神职人员放弃了他们的道袍，换上了世俗服装。在偏远地区的某些教堂（比如，杜瓦讷内附近的普兰），我甚至在一间装饰着花束的小教堂里，参加了一场由女人主持的弥撒。这种改变令人难以置信，然而，这一切，似乎没有人注意到。

比历史更早的历史

我们曾是地中海拉丁世界的孩子。我们在地中海边长大，熟悉油橄榄树和意大利五针松，熟悉棕榈树和盆栽天竺葵，相对于生活在其他地区的法国人，我们保持着模糊的优越感。人们怎么能在巴黎、在煤炉燃烧弥漫的烟雾中阅读维吉尔[①]呢？

然而，每年夏天，在布列塔尼的圣马林，我们的自信心都会受到打击。因为风，因为蒙蒙细雨，因为潮汐，因为暴风雨，或者仅仅因为苹果地和荒野。

我们已经学会了该如何识别荒野。最初是通过布列塔尼语：在布列塔尼，lann 一词不是随便可以使用的，它表示大片的荆豆丛。这种毛茸茸的灰绿色植物铺满了大地，占领了所有无人居住的区域。那时候我们知道曾经有人种植荆豆吗？我不记得见过装载这种植物的翻斗车，尽管它们能为套车的马和牲畜提供食物，也没有在农场看到过能将它们粉碎的手动机器。这些很可能在战后消失了。不过，这种马（布

① 维吉尔（Virgil，前 70—前 19），古罗马诗人。

列塔尼重型马）仍然存在，它们被套上车，运输海藻或拖动锄草机，当然，它们仅限于为一些固执、贫困的农民所拥有，这些农民努力维持着他们的自给自足。马神[①]（在《特里斯丹和绮瑟》中，marc'h[②]是科努瓦耶国王的名字）在凯尔特世界统治了数千年，机械化无法抹去这种影响（在阿尔萨斯也是如此）。由于缺乏碳氢燃料，战争年代，传统的牲畜牵引很可能再次派上用场。

荆豆对于这种经济而言是不可或缺的植物。夏末，当金雀花展开了金色的花瓣，欧石楠开出粉色或红色的花时，黄色的荆豆花营造出一片盛景。临海的区域孕育着野生的文明，不属于任何人类社会，而是属于兔子、狍子和狐狸的国度。它们不属于任何人，或者说，只属于另一个已经消失的人种。我散步的时候，在奥迪耶尔恩海湾附近的荒野上，或是瑞芒海角的悬崖边，突然理解了曾经在书中读到的画面，比如，在罗伯特·史蒂文森的作品中，他描写了雨后的荒野，对年轻的戴维·鲍尔弗与他的同伴——逃亡者艾伦·布雷克而言，这是一幅奇景：他们一路奔跑，穿越过暴雨后的荆棘，逃脱了克伦威尔的士兵们，突然之间，沿着悬崖峭壁，出现了一片荒野，在荆豆和蕨类植物之间，一股水流镶嵌其中，像是一道花边。他们停下来，不再奔跑，被眼前的美景所震撼。

---

① 埃波纳（Epona）是一个形象与马有关的凯尔特女神。

② Marc'h 或 Marc，是凯尔特传说中科努瓦耶国王的名字，在布列塔尼语中是“马”的意思。《特里斯丹和绮瑟》（*Tristan et Iseut*）是法国中世纪文学的代表作，讲述了一个爱情悲剧。

这种原始的美感，更确切地说是奇幻的美感，某一天，我曾在庞马尔附近感受过，荒野之中，我发现了一块平坦的巨石，就像一艘花岗岩船，上面布满了几何线条，像是史前人类留下的神秘信息。很快，我就明白了，这里不过是抛光石器的地方。工具和人都已经消失了，但是抛光石还留在这里，镶嵌在荆豆丛中，一万年前的使用者把它留在这里，如今它还保持着当时的状态。我感到时间恒久不变，几个世纪交织在一起，伸出手指，我就能将它触碰。

神　秘

布列塔尼的童年时光给我留下的最深刻的感受，也许在某些方面，类似于我在非洲时感受到的大自然魔力，在那里，伴随着雷鸣闪电，暴雨从我们在奥戈贾的茅屋屋顶上倾泻下来，从喀麦隆边境奥布杜路边巨树的树顶上倾泻下来。同样难忘的，还有热带草原上白蚁建造的奇特建筑。

在布列塔尼，有汹涌的大海、狂风和暴雨。某些日子里，烈日灼烧。孤独的海湾布满了大块的鹅卵石，海浪冲击着岩洞。荒野上，有时会突然出现一块高耸的石头，这样的石头在法语中被称为 menhir，用真正的布列塔尼语来说，叫做 peulven，也就是石柱。我们去过所有类似的遗迹，在洛克马利亚盖尔，我们看到了被雷劈倒或人为损坏的巨柱，这个庞然大物重达三百吨、高达二十米。在卡尔纳克，我们爬上了石桌和石墓，在石阵中玩耍。在洛克图迪，我们看到了被淹没的石柱。在加伏里尼斯，我们划着船出海，来到岛上的地下庙宇，导游说，墙壁上的同心圆代表着建造者的指纹。我记得我曾把耳朵贴近墙壁上的花岗岩，我真的听到了它们如电流般的震颤！对我来说，最与众不同、难以置信的事情并不在于这些古老的建筑，而是布列塔尼人某天来到这里，他们受到诸神的款待，出于害怕，他们对诸神充满崇敬，于是，诸神让他们在自己的国度安家落户。或许是因为我来自别处，无论在哪里，我都无家可归，我漂泊、动荡地辗转在父亲的毛里求斯、祖先的布列塔尼和童年生活的尼斯之间。在这里，一切如此神奇，仿佛一次溃逃、一次流放。石柱朝向天空耸立于此，小径宛如铺满了龙鳞，小船静静地躺在荆豆丛中，这一切告诉我，在我们的世界之前还存在着另一个世界，而我只是经过……

我们曾回到故乡。今天看来，那不过是一次远足。当时，登上那辆老爷车，更像是一次远征。我们一大早向着坎佩莱方向出发，接着，一直深入到蓬蒂维。这是另一个布列塔尼，远离大海，一个消失在狭窄山谷尽头的绿色国度。我们经过了一些小村落，确切地说，它们甚至算不上村庄，它们的名字听起来也不甚熟悉，若斯兰、斯图莫、斯当、克文。走过了这里的每一条路之后，我们来到了父亲的勒克莱齐奥村，在没有切实证据的情况下，父亲确定这里就是我们家族的源头。几座古老的农庄，窑洞式的房子，泥泞不堪的院子。父亲对我们说："和你们的兄弟们打个招呼。"然而，我们不想这么做。那两个小孩站在农庄的入口处，一动不动，看着我们，就像看着入侵者。他们大概和我们同岁，或者说年纪相仿。他们衣着破旧，穿着木底鞋。阳光下，眯起了眼睛，细长的眼睛使发红的脸庞显得更大了。我记得有一个小孩的脸上还留着鼻涕印。最让我们吃惊的是他们的发型，直发，像一个碗扣在脑袋上，也像戴了一顶厚重的浅栗色头盔。我不知道我们有没有同他们说话，但他们肯定什么都没说。这两个布列塔尼小孩看起来固执、多疑、惊慌，他们来自另一个时代，在这个远离大海、远离游客、远离巴黎人的农庄长大。如果历史按照另一个方向发展，他们可能处在我们的位置，我们也可能处在他们的位置。我一直记得他们。多年之后，我重新恢复了与布列塔尼的联系，再次回到了那个村庄。那里也一样，一切都变了。再也没有孩子留着碗状的发型，从中世纪里走出来。有的只是几个系着围裙的农妇，因为乡下的严寒，手和脸都冻得通红。她们中有一个人曾与我交谈，她告诉我说她叫若斯兰，这也是我一位曾祖母的名字。

人们为什么要在大革命时期离开布列塔尼呢？在我的成长中，流传着一个关于祖先亚历克西斯·弗朗索瓦的传说。在共和国第二年的时候，他当了兵，之后又流亡到法兰西岛(也就是后来的毛里求斯)。我阅读了他写给母亲的信，当时是一七九二年秋天，瓦尔米战役之后，部队驻扎在巴黎。在其中一封信中，他仅仅提到："城市很安静。人们等待着审判昔日的国王，他将逃不过愤怒的群众。"他当时是坚定的共和党人，赞成联邦制，他曾参加过对抗普鲁士人的战斗，作为负责截肢的外科医生的助手，他目睹了战争最恐怖的一面。他在给母亲的信中写道："由于这个屠夫的错误，法国的年轻人中多了一大批残疾人。"一七九三年之后，他厌恶朱安党人的叛乱，在莫尔比昂加入了对保皇党人的镇压。但他同时也痛恨革命军对这个饥饿、穷苦的省份所造成的不公。他在一段回忆中（来到法兰西岛之后，口述给他的儿子）讲述了自己作为一个年轻下士如何面对镇压中的暴行。当时，为了给部队提供给养，他的队伍走遍了莫尔比昂乡间。一个农民把小麦藏在磨石下，被士兵们发现了，他们准备不经过任何审判就将罪犯绞死。我的祖先试图干预，指出革命军队不能像强盗一样行动。他说服这些人让他把这个农民带到邻近的城镇接受法庭审判。在法官面前，他说："你们可以绞死这个男人，这样一来，你们就得绞死所有为了养家糊口把麦子藏起来的布列塔尼人。"法官听从了他的建议，让这个农民活了下来。后来，弗朗索瓦遭到了一个士兵的攻击："公民下士，你必须剪掉头发。"布列塔尼人那个时候扎着辫子（人们常说：一条马尾辫）。弗朗索瓦拔出了他的剑："想剪掉我的辫子，首先要问问我的剑。"在说出这句话之后，他除了离开再没有别的选择。

所有这一切，加上使布列塔尼千疮百孔的苦难，都促使我的祖先流亡到世界的另一端。下定决心并不容易。去往法兰西岛意味着带着几乎永不回归的决心，连续几个月漂泊在危机四伏的大海上。告别母亲和姐妹的时刻是悲伤的。他将和自己二十岁的年轻妻子朱莉、刚刚三个月大的女儿一起踏上旅程。他的护照这样描述这个年轻人：二十六岁，身高五尺六寸，栗色头发，蓝色眼睛，脸上有斑。护照上的某一页标注着他在妻子、女儿，以及两个仆人（在洛里昂码头买到的两个奴隶，一个中国厨师和一个马达加斯加的洗衣女工）的陪伴下踏上旅途。这艘船叫做"印度邮船"，是探险的双桅船，上面装配着十二门大炮。弗朗索瓦让人为他和妻子在甲板上搭了一间陋室，以及一个小棚子，里面养了几只鸡和一头猪。他的新生活就这样开始了，我想象着船在洛里昂起航时，在经过加弗尔海角时，他和妻子的感受。正是在恐怖时代的灾难时期做出的这个决定使得我们没有出生在布列塔尼，使得我们不得不想象其他的根。

永远的布列塔尼！[1]

布列塔尼人的呼唤已经铭刻在人们的心中——所有继承了这段历史的人（即使像我一样，没有土地的人）。它与演员肖恩·康纳利文在手臂上的句子类似：永远的苏格兰[2]。有些人对此一笑了之，或是耸耸肩，仿佛成为布列塔尼人就不再是法国人，仿佛布列塔尼与法国完全相反。或者说，仿佛所有这一切都属于已经远去的时代，所有这一切仅仅用来维持一种模糊而无力的乡愁。的确，儿时我所熟悉的地方已经改变了，现代性摧毁了祖先的生活方式、环境和文化，布列塔尼不可逆转地效仿了全球模式：高速公路、工业区、大众旅游、无节制的城市化。今天，怀旧并不体面，而是代表着衰弱，散发着苦楚，令人厌烦。这种无能为力让人看不到现实的存在，它面向过去，然而，现实才是唯一的真相。

布列塔尼的现在并不仅仅存在于我所看到的圣马林。它

① 原文为布列塔尼语 Breizh atao。

② 肖恩·康纳利（Sean Connery，1930—2020），苏格兰演员、第一代“007”的扮演者，他在手臂上文着“永远的苏格兰”，即 Scotland forever。

更多地存在于长期被旅游业忽视的区域，在通往拉兹角的花岗岩海岸，以及那些名字能引起回想的地方：卢盖内兹、卡斯特尔-科兹、布雷泽莱克、莱德、凯尔默尔、勒万和海湾另一边的莫尔加、盖内隆、贝莱克、塔拉格里普、彭-希尔。这些名字的发音母亲很喜欢，还有克莫万、科森，以及她认为能听到大海在礁石上咆哮的地方——阿伯拉克。无论是坎佩尔周围平坦的果园，还是莱昂地区科努瓦耶村庄附近美丽的山谷，抑或是莫尔比昂地区的布拉韦河或埃莱河畔，以及拉伊塔河的秘境，它们从未消失过，但它们就像是城市化飞速发展中的一座座孤岛。在某些地方，沿海地区是地理学上所谓“乡间住宅开发”的受害者（最明显的例子是法国南部的蔚蓝海岸和瓦尔省）。从九月底开始，在圣盖诺莱或圣尼克附近，一些地区空无一人，所有的度假屋都关上了百叶窗。荒凉寂寥，如同被遗弃一般。那些能够抵制住逃亡的诱惑、始终坚守土地和农场的男人和女人必定很坚强。通过土地合并，他们中的大多数人都变成了大型农场的农场主，拥有几十公顷的农场和众多牲畜。不过，这并不意味着他们已经发财致富。相反，他们依然过着日复一日的生活，没有片刻喘息的机会，孤立无援，彼此隔绝。在大革命和饥荒时期，甚至在二十世纪惨绝人寰的战争时期，他们决定反抗，选择留下来。如今，做出这样的选择似乎要容易一些，但同样也需要英雄气概。他们不仅要抵御物质上的困难，更重要的是要抵御精神上的压力，抵御人们对农民的普遍歧视。至于结婚，布列塔尼的农民很难找到配偶。有一段时间，天主教会试图帮忙。他们邀请年轻的毛里求斯妇女，使她们了解布列塔尼人的善良和道德品质，但是，她们无法适应这里的气候，很多人还是回到了自己的岛上。

现在，恰恰是布列塔尼的这一面让我感动。多亏了这些农民，儿时那片延伸到海边的麦田依然美丽。我想不出还有什么比沙丘前或悬崖边的麦田更美了。一道简易的篱笆爬满了荆棘和蕨类植物，将麦田与荒野分隔开来，它们犹如某种倔强的符号，象征着抵抗，抵抗骚动的大海和荒芜的住宅区。为此，我们对滨海保护协会和奥尔纳诺先生心怀感激。他们的行动是有益的，不过，我们也不能忘记布列塔尼人自身的作用，他们努力保护布列塔尼的乡村，遵循某种顺乎自然的观念，尊重大自然的规律与奥秘。所有对史前遗迹的保护、对乡间小路的维护、对海滩的清理以及对小树林的珍视并非偶然。村民们并不依靠国家补贴，他们自发做出了这些决定。二十世纪六十年代，土地合并刚刚结束的时候，我回到了布列塔尼，现代化发展的野蛮进程使我震惊，我感到一切都结束了，古朴、美好的风景将永远消失。所幸，年复一年，当我来到这里时，我发现，在环保协会[1]的指导下，很多坡道恢复了从前的样子。

古老的干垒石墙将土地分隔开来，有段时间，它们曾经开裂，现在已经被重新修复。布列塔尼的老式茅屋还保持着从前的式样，尽管墙壁是用水泥砌成的，屋顶铺上了西班牙

① 这里指Skol ar Kleuziou（布列塔尼语），直译为“斜坡学校”，旨在保护当地的自然风貌。

石板。有人说这是一种偏执，然而，它们才是真正的布列塔尼。无论是在阿尔沃还是在阿尔戈特，无论是海滨，还是森林。它们不是为了发展旅游业而保持民俗，也不是为了凸显地方特色。而是一种无声的坚守。事实上，儿时的布列塔尼并不总是那么迷人。村口垃圾成堆，路上到处是酒鬼，有些房子破败不堪。一切还带着苦难的痕迹，这是布列塔尼归属法国之后曾延续的苦难，也是阿瑟·扬①笔下的场景，这位英国旅行家在大革命爆发前不久访问过雷恩地区，他所描述的景象似乎还历历在目，街头的乞丐穿着破烂的衣服，年老的妇女因缺钙而虚弱无力。在坎佩尔，还能找到让-马里·德吉尼耶②曾经居住过的肮脏小巷。等到我长大成人，乃至我现在步入老年，布列塔尼已然焕然一新，变得整洁、美好。由于妇女们的努力，农场里装饰着花坛，村庄之间展开了竞争，圆形广场和中心区域③变得生机勃勃。有机农业的到来使废弃的农场焕发出新的生机。青年男女厌倦了生活在城市的边缘，缺乏归属感让他们感到失望，于是做出决定，改变自己的生活。他们修复了老房子，使用堆肥，拒绝工业种子。这么做的时候，他们并没有像沙龙里的激进分子或宗派主义的生态学家那样虚张声势、夸夸其谈。在经历了风吹日晒之后，他们的双手粗糙，脸庞黝黑，成了新的冒险

---

① 阿瑟·扬（Arthur Young，1741—1820），英国农业经济学家，曾考察英国、法国等地的农村，并写出了一系列游记。

② 让-马里·德吉尼耶（Jean-Marie Déguignet，1834—1905），法国作家，用法语和布列塔尼语创作。

③ 原文为布列塔尼语 krez ker。

家。他们的孩子很像我们曾经见过的男孩们，那些生活在布拉韦河畔的远房亲戚，他们穿着羊皮袄，留着长发。他们中的一些人又开始讲布列塔尼语了（尽管有时他们的口音显得有些滑稽，但鲜活的语言在演变中总是表现出类似的特性）。很大程度上讲，是他们，使布列塔尼得以延续。

走向自治？

苏格兰最近就独立问题举行了全民公决，布列塔尼人的古老憧憬由此被唤醒。如果布列塔尼敢于自治会怎样？现在，在科西嘉岛，在法属巴斯克地区，在安第列斯群岛，在留尼汪岛，在波利尼西亚，这个问题被频频提出，有时甚至迫在眉睫。与这些领土和前殖民地相比，布列塔尼拥有非同寻常的优势：事实上，在大部分历史时期内（九百年的时间），布列塔尼一直是独立的主权国家。布列塔尼人并不是通过条约或全民协商才失去独立地位的（尽管任何学校的历史教科书中都没有指出这一点）。一四八八年七月二十八日，也就是当年的圣桑松日[①]，布列塔尼军队在公爵弗朗西斯二世的指挥下，由巴斯克志愿兵和英国弓箭手协助，在布列塔尼从前的边境与法国国王带领的军队对峙，地点离雷恩附近的圣欧班-迪科尔米耶要塞不远。

这场阵地战发生在被编年史学家称为“疯狂战争”[②]的

① 圣桑松（Saint-Samson）被奉为布列塔尼的守护圣人，每年的7月28日被定为“圣桑松日”。

② “疯狂战争”（la Guerre folle，1485—1488）是一场封建领主联盟反对法国王室的战争。战争致使布列塔尼公国并入法兰西王国。

时期。这是一场真正的大战，它夺去了五千多名士兵的生命，并很大程度上打击了布列塔尼贵族。战役发生在一个树木繁茂的山坡上，距离韦伊原野不远，今天这里仍被称为“决战之地”。布列塔尼公爵的军队因为一个偶然性的战略失误而被击败：他的士兵占据了高地，但他们面对着太阳。经过一天的激战，布列塔尼人被迫撤退到树林中避难，在那里遭到屠杀。他们的失败使得布列塔尼的防线被打开了一个巨大的缺口，很快，被围困在雷恩的公国政府不得不投降。弗朗西斯二世死后，年仅十二岁的女公爵安娜不得不屈服于法国国王，以拯救布列塔尼人民。在某种程度上，她也是战利品的一部分。两年后，她被迫嫁给了胜利者查理八世。根据《萨利克法》[①]，她放弃了对其领地的所有权，布列塔尼的最后一位统治者成了一位杰出的法国王后。她忠实于父亲对她的教育，向艺术家和学者们开放宫廷，无论人们怎么说，她都努力保护布列塔尼免遭掠夺。后来，她成了一种象征。为了表达对祖国的热爱，她要求在死后将自己的心脏装在一个金色的容器里，埋葬在父母位于南特的陵墓中。

失去独立不仅仅是社会制度的改变。然而，我们可以想象，对于大部分布列塔尼人而言，服从于法国的中央集权不是什么大事。布列塔尼人的身份与贵族权力之间并没有什么关联。就像在其他省份，平民和工人与他们的主人没有关联。农奴制不复存在，但是南特或雷恩制定的政策对普通人的日常生活并没有影响。他们知道自己是布列塔尼人，他们依然

① 根据《萨利克法》，女性后裔不得继承土地，后逐渐演变为对女性继承权的剥夺。

崇拜自己的圣人，尊重神职人员的权威，不过，如果他们知道公爵和年幼的安娜都不说布列塔尼语，一定会感到吃惊。

对他们来说，改变的是经济。直到那时，作为独立的公国，布列塔尼一直选择和欧洲各国进行贸易往来，特别是和英国、西班牙、意大利。布列塔尼提供船舶仪器、绳索、船帆，换取葡萄酒或香水。这是中世纪末期布列塔尼一些市镇繁荣的根源，从瓦讷、坎佩尔，到后来的洛克罗南。然而，圣欧班-迪科尔米耶战役的失败敲响了丧钟，繁华一去不复返，布列塔尼丧失了商业上的独立，成为一个属地。向法国国王缴纳的盐税和进口产品税的增长加剧了贸易的衰退。到大革命前夕，这个曾经繁荣的地区变成了法国最贫穷的地区，这种状况一直持续到现代。

历史不会重写。欧洲的来临促成了更为广泛的贸易关系。

布列塔尼人总体上并不支持法国极端主义政党的民粹主义和反欧洲倾向。国民阵线无法获得他们的好感，这个政党的种族主义和仇外论调即使在经济困难时期依然遭到民众的反感。事实上，布列塔尼开放的传统由来已久，这或许是因为人口流动，以及与异族通婚刻在了他们的基因里。布列塔尼是法国少数支持巴勒斯坦事业的地区之一（在坎佩尔，甚至有一条巴勒斯坦街），并且认为图阿雷格人[①]争取自由的

① 图阿雷格人（Touareg），北非柏柏尔人的后裔，生活在撒哈拉沙漠中的半游牧民族，主要分布在阿尔及利亚、利比亚、尼日尔、马里和布基纳法索。

斗争具有正义性。至于对内政策，布列塔尼似乎较为保守。布列塔尼人对恢复独立的热情并不高，或许是因为这场争论已经是过去时，或许是因为他们发自内心对共和理念表示认同。那么，我们可以认为，只有真正的财政和经济自治才能使布列塔尼找回从前的地位吗？然而，被征服的民族并不具备冒险精神。对布列塔尼而言，就像对于其他并入中央集权的领土一样，依附的纽带难以被打破。我们可以想象，在历史的变迁中，一个因共同的过去而团结起来的民族开启新生，并找到了解决现实问题的方法。这与狭义的民族主义无关，狭义的民族主义意味着所有布列塔尼后裔具有血缘上的特权。相反，这关乎自由——管理公共财政的自由、决定坚守承诺与邻近地区订立条约的自由、制定社会规划的自由、创造生态与文化未来的自由。

作家米歇尔·莫尔[①]并不这么认为，他是布列塔尼莫尔莱人，创作了《海滨监狱》这部杰出的小说。他告诉我，在他看来，布列塔尼缺少的是文学。他没有考虑古代的行吟诗人，也没有考虑《布列塔尼民歌》[②]的收集者奥多尔·埃萨尔·德·拉·维尔马尔凯，以及真正的布列塔尼现代作家，比如，路易·吉尤、佩尔-扎克·埃利亚和安娜·波利耶[③]。但他同时承认，每每遇到庄严的时刻，听到布列塔尼大区

① 米歇尔·莫尔（Michel Mohrt，1914—2011），法国作家。

②《布列塔尼民歌》（*Barzaz Breizh*），由奥多尔·埃萨尔·德·拉·维尔马尔凯（Théodore Hersart de La Villemarqué，1815—1895）收集。

③ 法文依次为：Louis Guilloux，Per-Jakez Hélias，Anne Pollier。

区歌（从威尔士语译入），听到“布列塔尼，先人的故土”[①]时，歌词使他心潮起伏。他还喜欢“白色和黑色”[②]，上面装饰着黑白相间的九道条纹，代表布列塔尼的九个地区，旗帜的一角装饰着貂尾。黑白色调沿袭了五百年前——也就是圣欧班-迪科尔米耶冲突之前——军旗的配色。

---

① 原文为布列塔尼语 Breizh bro koz ma zadou。

② 原文为布列塔尼语 Gwenn ha Du，即布列塔尼区旗。

布列塔尼英雄

和我们这一代的很多小孩一样，我也在一种错觉中长大，将布列塔尼视为海洋的故乡。过去，我们似乎认为，布列塔尼真正的英雄是那些著名的水手，他们无所畏惧，比如，德·叙维尔、迪盖·特鲁安、特罗默兰、凯尔盖伦、于翁·德·克马德克等。当然，他们当中有些人并不值得称颂，比如罗贝尔·叙尔库夫，他是依靠贩卖奴隶发家致富的。时至今日，布列塔尼仍然以海洋崇拜著称，孤独的水手也仍然受到赞美，比如伊莎贝尔·奥蒂西耶和埃里克·塔巴利。我和哥哥曾经失望地发现，我们的祖先既不是水手，也不是渔民，而是莫尔比昂的普通农民，他们眷恋着这片干旱的土地，在这里种植谷物、饲养牲畜。自六世纪撒克逊人入侵、布列塔尼人被驱逐出英格兰进入阿摩里卡以来，他们一直生活在这片土地上。这里既不迷人，也不浪漫，这里是绿色而阴郁的乡村，狭窄的山谷纵横交错，农场像是堡垒，面包炉像是石头砌成的雪屋。生活在这里的人与大海没有丝毫关联，他们世世代代都对大海视而不见。或许，当年带着孩子和农场里的牲畜登上简陋的船只横渡北海的情景已经成为一段记忆。长久以来，这段记忆足以使他们抵御任何冒险的诱惑。

在圣马林，我童年时期的英雄只是一个普通的捕虾人，不过，他也是一位探险家和业余画家。他从不谈论自己的航行，我记得他的双手非常有力，那是在操控船桨、用绳索吊起捕虾笼时练就的。我还记得他的妻子卡特琳娜，她很温柔，一生都陪伴在他身边，支持着他。

如今，很多年过去了，我想谈谈另一个英雄。他是一个农民，是他将我与自己布列塔尼农民的血脉联系在一起。他叫埃尔韦，和我年纪相仿，我们经历过同样的事情，战争的结束、时代的变迁，以及阿尔及利亚战争。与他交谈的时候，我逐渐发现了一个我所不了解的布列塔尼。

我记得十岁那年我曾和父母沿着科努瓦耶北部海岸远足，在杜瓦讷内，我清楚地记得我们走向大海，到达海港，记得长长的水泥堤坝，还有一些建筑，人们在里面从事水产批发和罐头加工。当时，南部的很多渔港，像莱斯科尼、吉尔维内克、洛克蒂迪还不是度假区。这里停泊着很多拖网渔船，渔民们穿着红色的裤子，戴着油布雨帽在这里忙碌。到达杜瓦讷内时，我有些震惊：或许是因为这个小镇朝向北面，狭窄的街道、码头甚至海水的颜色都透着些许冰冷和敌意。这种震惊主要来自这里的居民，这群黑压压的人，穿着深色上衣，戴着水手帽。他们是工人，而不是渔民。从他们身上，从他们的小镇上，散发出一种坚韧和反抗的精神。他们是共产党员，但不是巴黎地区那种优雅的左派，在他们身上，表现出一种沉默、顽强的战斗精神，正如德·西卡和费里尼式的意大利现实主义电影中所展现的。正如维斯康蒂的《大地在颤抖》中海滩上的人群，以及罗西里尼的《罗马，不设防的城市》中的人群。就连杜瓦讷内的女人也是如此，这些 penn sardin① 穿着黑色制服、戴着小圆帽，看起来内向而坚毅。她们在尚瑟雷勒工厂、在“小帆船”工厂工作，弯着腰在桌子前将鱼开膛破肚，然后把它们装进小盒子里。二十年后，这一切都消失了。捕鱼活动停止了，工厂倒闭了，灰色的水泥房子被重新粉刷成了彩色，地狱广场的酒吧里播放着爵士乐（没有了乔治·佩罗斯② 经常讲述的持刀斗械），有纪念品商店和比萨店，港口变成了博物馆。拖网渔船仍在杜瓦讷内停靠，但其中大部分是来自爱尔兰或葡萄牙的加工渔船，它们在此停留，将水产成箱卸下船，然后由冷藏车运往欧洲的各个角落。

追忆往事，将过去的碎片一一拼凑，重新发现生命之流，并非为了怀旧。而是为了重现往昔的美好，透过现实虚幻的倒影，看到它的存在。埃尔韦是我心目中的英雄，他一定和我那些来自布拉韦河畔的遥远祖辈一模一样。他向我讲述了他在普兰镇海边农场度过的童年。他说话时犹豫不决，小心翼翼地选择措辞，把那些从他出生起就使用的布列

① 自 18 世纪以来，penn sardin（布列塔尼语），指杜瓦讷内人。
② 乔治·佩罗斯（Georges Perros，1923—1978），法国作家，曾在杜瓦讷内生活。

塔尼语翻译过来。他谈起了冬天的严寒、田间的劳作、种种困难，以及生活的拮据。言谈中，他也将它们视为幸福的时光。与杜瓦讷内的渔民和工人不同，他们是自由的。说起童年的节日时，他面容灿烂，在他看来，那是庆祝的时刻，是大人们欢饮的时刻，是玩乐的时刻，也是与家人和邻居分享美食（烤乳猪、薄饼和热苹果酒）的时刻。至于婚礼，费用十分昂贵，有时农民们不得不卖掉一块地来支付宴席的费用。还有，运气不好的时候，看病也需要支付一笔钱。所有这一切都发生在过去，不过，我们这一代人不会忘记这段过去。埃尔韦还聊起了暴风雨，用布列塔尼语来说，也就是“bar-amzel”。他向我提到了一块大石头，这块石头伫立在瑞芒海角，面朝大海，被称为“Karreg-sonn”，也就是“会唱歌的石头”。当它预言海难发生的时候，会以某种方式震动。我小时候经常听到传闻，一些海盗诱使船只失事，就是在这里。他们在海岸边把灯挂在山羊角上来愚弄水手的故事让埃尔韦大笑。真的有人试过在暴风雨中把灯挂在山羊身上吗？石头一响，附近的人都会跑到悬崖下面去看一看暴风雨带来了什么。在他的记忆中，一次海难过后，卵石滩上留下了一大桶酒，每天晚上，附近的人都会瞒着海关偷偷装满自己的酒瓶。

我喜欢听埃尔韦谈论这个有魔力的地方。布列塔尼发生过一些神奇的事情，它们流传开来，即使在现代社会依然鲜活。这里的男男女女继承了祖辈的传统，他们跟随风和季节学习一切，而不是在镇上的学校学习。埃尔韦能够通过一根分叉的木棍感受到地下的水流，确定在哪里打井。他的祖母将这种天赋传给了他，祖母本人，能够用土法接骨，擅长于除疣，以及各种皮肤病。埃尔韦能够与大自然建立连接，通过大海和天空预知天气的变化，预测飓风的危险。他像是斯蒂文森小说中的人物，每当欧石楠开花的时候，或是雨后倾听溪水音乐般的流动时，他都会沉醉于旷野的美。讲不讲布列塔尼语，或者思考布列塔尼的政治前景，对他来说并不重要。他出生在这里，一切自然而然，谈不上骄傲，也没有什么可抱怨的，像岩石和橡树、海鸥和狍子，或是树林里的兔子一样自然。至于兔子，他总是为它们留着一部分收成。多亏了他的工作，还有他的妻子玛丽-安热的技能，在多年的隐居和辛苦劳作之后，他们的房子成为了荒野中的一片鲜花绿洲。

我想把这个小故事献给他们，不是像忏悔录或是纪念册那样，而是像一首布列塔尼歌谣，带着些许偏执，略微有些单调。这是“会唱歌的石头”在暴风雨中依然吟唱的歌谣，也是想象中我的祖先们反复吟唱的歌谣。他们在夜晚热烈的庆典中，伴随着布列塔尼风笛和双簧管略显尖锐的背景音乐，一边跟随节奏踏着地板，一边吟唱，歌声缓缓随风飘远。

孩子与战争

对法国而言，第二次世界大战开始于一九三九年九月三日。一九四〇年四月十三日我出生于尼斯。人生中的头五年，我是在战争中度过的。对我而言，这场战争，乃至所有的战争，或许都不能算作历史事件。我无法将它当作一个事件去理解，那种我分析它的原因而后从中推导出结论的事件。我无法客观地谈论它，将它与一种政治的或伦理的情境相联系，将它作为一个理由，检验它的不可抗拒性，然后得出某种富有哲理的教训。我还没有足够远离它，以便自己可以谈论它。仅存的一些感受、一些情绪，仿佛一股激流，卷走了这个孩子，从他出生到记忆之初，也就是五六岁的时候。

我并不打算写童年的回忆。其他人已经这么做了，比我能做的要好很多。此外，我怀有某种高傲的情绪，我赞同诗人伊齐多尔·迪卡斯，也就是洛特雷阿蒙伯爵的座右铭，他在《诗》中写下："我不依靠记忆来写作。"

如何谈论这场战争呢？或许可以简单地说，战争是所有能发生在孩子身上的最可怕的事情。现代化的生活使我们对破坏性的画面习以为常。我们每时每刻都能看见，通过电视新闻，在午饭时间，或是在长篇报道中。它们出现在报纸的头条，或是杂志的封面上。画面粗暴，令人窒息。一个赤身裸体的小女孩在路上奔跑，周围都是行人，她从由美国士兵所投掷的凝固汽油弹引起的爆炸中逃脱，那个美国士兵，同一时刻正置身于三千米高空的战斗机机舱中，对此毫不担忧。在柏林遭到轰炸之后，一位业余摄影师拍摄了一些黑白照片，照片上，衣衫褴褛的孩子们正游荡着，背景是浓烟滚滚的废墟。在这幅战争的图景中，没有好人或坏人。也没有敌人。一方是孩子，另一方是盲目而残暴的机器，它们掌握在成年人的手中，而这些成年人则隐藏在他们的制服和武器所赋予的身份中。

孩子们并不知道战争是什么。我不记得自己听到过这个词，在战争期间，甚至战争过后。对他们来说，发生的一切都是正常的，他们并不认为自己能过上完全不同的生活。他们从未这么想过，原因在于周围的成年人并不谈论战争，他们在说出一些难以理解的事情时，通常会这么开头："据说……""似乎……"，为了不那么吓人，他们只说一半话，然而，沉默似乎更加令人生惧。我不记得自己听说过这个词，但是我记得发生过一些事情。在别处，在外面，在街上。那时候我们不能出门，不能透过窗户向外看。似乎存在着一种威胁、一种禁忌，看不见，却存在着。我们必须要躲在围墙之后，藏起来。这样的童年是否与和平时期的童年大相径庭？我并不知道。也许吧。我能够想象到存在着某种来自外部的恐惧，这种恐惧不同于一场暴风雨来临之前人们所能感受到的恐惧，也不同于在不可预知的情况下，有人敲门，或是有人发出威胁时人们所能感受到的恐惧。孩子们还会体验到另一种恐惧，来自魔鬼或女巫的传说，或是其他故事，那些大灰狼在周围游荡的故事，以及能够使人联想起森林中食人魔或女巫居住的小屋子的故事。孩子们沉浸在幻想之中。他们喜欢这些幻想，因为类似的恐惧有时会带来愉悦。战争，对于我这样的孩子来说，并非大灰狼或女巫的故事。这是一种无形的恐惧，没有名字，没有情节。没有任何愉悦。从来不曾有过。

我人生中最初的回忆是一段充斥着暴力的回忆。它发生在战争结束的时候，而不是战争开始时。这段回忆如此清晰，以至于我全然不必怀疑自己曾经经历过。当时，我正待在外婆家的浴室里。外婆家位于尼斯的卡尔诺大街上，在一栋居民楼的六层，港口的北边。浴室里用煤气热水器烧水。我闻到了煤气味。因为每次打开开关都有延时，煤气会发出很浓很刺鼻的味道，所以我对这个味道很熟悉。热水器是打开的，我猜想外婆正打算洗澡。今天，我想起这些的时候，我猜测当时应该已经接近中午了，因为外婆从来不在此之前起床。洗澡具有某种仪式感。尽管在战争期间，我们还是能用上煤气。我们住在带阁楼的小公寓里，有些拥挤，外公、外婆、我的妈妈和哥哥，还有我。一年前，我们逃离了海岸，躲在山里。后来，我们又回到了尼斯，可能是因为外婆需要找到钱财、食物和衣服。尼斯被意大利人占据着，不过，德国军队正在赶来。当时我并不知道这些，不过，后来我可以从历史事件中推断出来。炸弹爆炸很可怕。声音，我记不起来了。我只记得一股冲击波使得浴室的地板晃动起来，记得我的双脚离开了地面，从喉咙里发出了喊声。这些感觉同时出现，冲击波、地震、摔倒，以及我的叫喊。后来，我长大之后，曾经经历过一次大地震，一九八五年，在墨西哥。这种感觉很奇怪，大地变成了液体，没有什么可以依靠，一切都可能消失。不过，存在着一个区别：炸弹爆炸的时候，我是个孩子，没法将情感诉诸语言。我不会想："快！爆炸了！"就像我在墨西哥时所想的那样："地震了！"我当时什么都没想，淹没在自己的喊叫声中。喊声尖利，当我努力回忆时，我觉得它并非出自我的喉咙，而是出自全世界。它与充斥在我鼓膜里的爆炸声混淆不清。它与我的身体融为一体。所以，是我的身体在呼喊，并非我的喉咙。我没有选择尖叫。没有选择那一刻。这是战争加诸一个孩子的。没有什么是他自己选择的。

炸弹落在了外婆家楼下的花园里，震碎了附近所有的玻璃窗。震裂了楼梯间的墙壁，熄灭了热水器。我当时头脑一片空白，但我猜想外婆很快赶到了浴室，以确定我是否安好，是否被玻璃碎片划伤。同时也是为了切断煤气，因为炸弹的冲击波很可能会熄灭热水器的火苗。或许，她就是从这一步开始的，首先切断了煤气，然后来照顾我。这是成年人的行为方式。他们遵循逻辑。战争当然是他们的事情。他们知道所有的秘诀，知道发生爆炸、地震的时候该怎么做。不能恐慌，尽量避免无效的行动。我的外婆很坚强，她不会轻易害怕，她曾经历过第一次世界大战时期那段恐怖、糟糕的日子。战争期间，她听过炸弹在巴黎上空飞过的声音，那些炸弹从德国人安装在马恩河右岸的世界上最大的大炮中射出。

炸弹落在了外婆家楼下的花园里，发出了巨大的、可怕的响声，将所有瓷砖震成了碎末。那是二百七十七公斤的炸弹。在如今的轰炸中，美国空军（英国、法国，或任何一个国家的空军），向平民投下的炸弹重达两千公斤。我常常会想起爆炸中的孩子们，生活在伊拉克、阿富汗、叙利亚、利比亚、巴勒斯坦、黎巴嫩的孩子们，他们就像从前的我，正在外婆家的浴室里，看着水充满浴缸。也可能待在自己家里，正玩着小卡车、娃娃、塑料杯。也可能待在院子里，看着妈妈晾晒刚刚洗过的衣服。如果说，那一枚加拿大炸弹曾经充斥着我的鼓膜，对我造成了如此大的伤害，那么，现代炸弹又会使他们留下怎样的回忆？这些炸弹如此沉重、如此精准，它们为打击敌人而设计，能够穿透混凝土到达地下三层。这些孩子怎么才能恢复呢？即使他们没有受伤，即使他们听到的不是一声，而是十声、二十声爆炸声，即使他们对此习以为常，知道这是什么，即使有人告诉他们“这是战争”，他们又如何才能被治愈呢？

这枚加拿大炸弹（其实，我对此一无所知，只是后来猜测它们可能是加拿大炸弹，因为加拿大空军从那时起开始轰炸法国领土，尤其是港口地区，圣马洛、布雷斯特、敦刻尔克，以及土伦、马赛——还有尼斯），对我来说，意味着暴力的开始。在那之前，尼斯的人们相对安全。尼斯，是蔚蓝海岸，是阳光，是度假胜地。冬天，漂亮的女士们裹紧了貂皮大衣，在堤岸上散步。在此之前，战争还在别处。在法国的另一端，在“前线”。在分界线的另一边，糟糕的那边，被德国吞并的领土上。至于南方——尼斯、戛纳、昂蒂布，经由圣特罗佩或拉马蒂埃尔，直到土伦——是冲突中“缓和的一方”。在这里，富有的艺术家、作家和电影工作者找到了避难所。在四十年代的照片上，能够看到这些英俊的先生和漂亮的女士在“英国人大道”上散步。摄影师们为了谋生，偷偷地为这些幸福、富有的人拍照。我没有见过外婆的照片，但是她完全可以成为他们中的一员。外婆很美，二十世纪初的时候很时髦，穿着长裙、毛皮大衣、黑色高跟鞋，戴着钟形帽。战争即将爆发之前，她和丈夫决定在尼斯定居。在巴黎，他们失去了一切——这种失败并非个人因素，更多的原因在于人民阵线、一九三一年的经济危机、缓期支付房租政策的延时。这是他们始料未及的。他们曾向银行贷款，银行不讲情面，依然催促还款，但租金不够抵偿相应的费用。他们不得不亏本出售，然后离开巴黎。像很多破产的人一样，我的外婆选择了尼斯，因为那里有阳光、大海，房租也很低。此外，我的外公是毛里求斯人，受够了巴黎，他说，那里的太阳像封口面包①一样。

① 法语为 pain à cacheter，一种被做成薄片的面包，沾湿之后，可以代替蜡油，用来密封信件，多见于 18、19 世纪。

在尼斯，战争就像一场轻歌剧，似乎微不足道。占领这里的是意大利军队。众所周知，意大利人很友好。他们穿着漂亮的军装，帽子上插着羽毛。我的母亲很美，一头金发。意大利人为之倾倒，向她献殷勤。当她穿过卡尔诺大街时，他们在路上帮她拎东西。甚至当我们去往山区的时候，我们依然没有感到身处危险之中。那时，我们仍然可以在路上自由往来。

然而，此时，加拿大飞机投下了炸弹。他们的目标很可能是港口设施、长堤、起重机，以及德国人沿着海岸架设的大炮。但他们没有击中，炸弹在飞行中偏离了轨道，落在了外婆家楼下的花园里。之所以说这枚炸弹对我而言标志着暴力的开始，是因为它就像一声鼓、一声锣、一声警报，它来告诉我的母亲、我的外婆，以及所有像我们这样的人："好了，我们来了，我们不装了。"

当我提到这一记鼓声（一颗炸弹可能更适合比作一声惊雷）时，我想要表达的字面意思是，这声爆炸改变了我们（我的外婆、母亲，还有孩子们）生命中的某些事。直到那时，我们还生活在幻想中：越过了分界线，定居在尼斯，战争就找不到我们了。

然而，战争还是在尼斯降临了。英国人、美国人、加拿大人展开了行动，不断涌入法国。德国人则决定越过分界线，占领南部。他们对意大利人没有信心。决定对付所有这些逃到阳光下的人，所有叛徒，所有有钱人。所有犹太人。

但为什么会轮到我们?

我们不是犹太人。不是有钱人。我们原本没什么可怕的。但我们是英国人，因为我的父亲、我的外公都是英国人。那时候，毛里求斯人，并不存在[①]。我们属于德国人最讨厌的民族。我出生的时候，父亲让母亲去美国领事馆为我登记，因为当时的尼斯已经没有英国代表了。美国领事是爱尔兰人，他叫奥格尔维。他认识我的父母。正是他警告母亲:“德国人来了。必须离开，躲起来，你们有可能被关进集中营，您和您的家人。”考虑到我的外婆讨厌英国人，就像那个时代的很多法国人一样，这太讽刺了。不过，德国人不在乎。他们囚禁所有人。我们将被关进集中营。

我们曾经的避难所罗克比列尔是一个小村子，位于尼斯深处，威苏比亚河谷。为什么我的母亲和外婆会选择这个村庄呢?有谁曾向她们提议吗?她们的选择和圣马丁有什么关系吗?圣马丁也位于威苏比亚河谷，当时(一九四三年四月)，这里迎来了一部分来自尼斯的犹太人。村里的居民会同情他们吗?事实上，居民们对来自意大利的非法移民非常慷慨。当德国军队进入普罗旺斯时，接待逃亡者需要勇气和决心。在罗克比列尔或圣马丁，村民们冒着被报复的风险，冒着被驱逐、被投入集中营的风险。更可贵的是，在威苏比亚的这两个村子里，所有人团结一致。没有人告密，甚至没有人反对。所有的居民，无一例外，都支持收留难民。在

① 毛里求斯于 1814 年成为英国殖民地，直到 1968 年才宣布独立。

罗克比列尔，为我们提供住处的家庭将一楼用作储物室，向我们敞开了二楼，收留了逃难中的我们全家：两个女人，一个老人，还有两个孩子。收留英国人，也就是收留侵略者的敌人。在圣马丁，尽管时事艰难，山里的居民同样也在迎接犹太家庭，让他们住在自己家里，帮助他们生活下去。我们的幸存大概就是得益于此，得益于他们无瑕的、朴实的英雄主义。

孩子们，显然一无所知。搬家需要货车——外婆的车不可能开上山路，一辆淡黄色的迪迪昂-巴顿[①]代表着她过去残存的财富，很可能会吸引侦察兵的注意。那么，大人们又如何向孩子们解释呢？——我们即将踏上旅程，去度假。仅此而已。我们没有留下任何地址，这样做太冒险了。当时，我的父亲在非洲，身处八千公里之外，什么都不知道。不过，他也可能通过美国方面的外交途径经由奥格尔维得到了通知：您的家人安然无恙。但地址不会被提及。不知道是否就是在那一刻，他打算回法国找到我们，然后带着我们去往英国？他先是前往尼日利亚的卡诺市，接着坐上了穿越撒哈拉的卡车，他原本期望在阿尔及尔登船，然后在法国南部与我们重逢。然而，他在北非遭到了拒绝，驻扎在北非的自由法国军队的一名军官拒绝让他通行，原因在于父亲是英国

---

① 迪迪昂-巴顿（De Dion-Bouton）是 19 世纪末、20 世纪初一个法国汽车品牌，其制造商是世界上最早的汽车厂商之一，公司创办于 1883 年。最早的迪迪昂-巴顿是蒸汽动力汽车，该品牌以精致著称。

人，而英国人在米尔斯克比尔战役[①]中击沉了法国的舰队。也可能是这次拒绝促使我的妈妈和外婆下定决心离开这里，前往尼斯腹地，以逃避德国人。在四十年代，像法国这样的战败国，没有盟友，没有规则，也没有尊严。复仇、妥协统治着一切。宿怨蒙蔽了双眼，那些还可以做些什么的人，拿起武器，开始反抗，但他们搞错了敌人。与其帮助一个英国人，他们宁愿站在胜利者的一边，向他们伸出手。或许，这也可以解释战败的原因。

我是不是可以这么说，就像雷蒙·拉迪盖在《魔鬼附身》的开头写道的那样：战争于我（孩子们）而言，是四年的长假？[②]然而，我们当时实在太小了，甚至无法想象这是一份“运气”：我们这些青少年是唯一还拥有自由的男性。我们经历过，确确实实地经历过，整个国家，几乎只有女人，唯一留下的男人是孩子，或老人。然而，对我们而言，

① 米尔斯克比尔港（Mers el-Kébir）位于阿尔及利亚奥兰港西北2公里处。1940年6月法国政府向纳粹德国投降，由维希政府掌管法国剩余的军事力量，当时的法国海军还保持着强大的实力，在这样的背景下，海军总司令达尔朗（François Darlan）宣布中立，然而，英国政府忌惮德国借助法国海军入侵英国，在数次交涉未果之后，发起了米尔斯克比尔战役。这场发生在同盟国内部的战争严重地削弱了法国海军的军事力量。

② 雷蒙·拉迪盖（Raymond Radiguet，1903—1923），法国作家、诗人，《魔鬼附身》（*Diable au corps*）是他的代表作。作者在这部小说的开头写道：“我将会受到很多的责难。但我能做什么呢？战争爆发之前的几个月我才刚刚十二岁，这是我的错吗？……那些已经对我感到愤怒的人，你们可以想象一下，战争对于我们这些稚嫩的男孩来说意味着什么：四年的长假。”

这又有什么不一样的呢？在我人生的头几年，父亲在非洲的赤道国家当医生，我的成长没有他的陪伴。不过，我们知道他在。每天晚上，妈妈依然坚持着某种仪式，她让我们为那个思念我们的“爸爸”做一个简短的祷告。这个“爸爸”是抽象的。这个“爸爸”很有可能只是“圣诞爸爸”①。他不写信，也不寄照片。他可能被囚禁了，也可能根本不存在。这代表着想念吗？我们怎么能确定呢？我们会因为一个根本不认识的人缺席而感到遗憾吗？

不过，人生的头几年生活在女人们当中确实改变了我对战争怀有的看法。甚至到了今天，当我知道这一时期所付出的生命、金钱、资源的所有代价之后，在集体主义的观念下，战争依然保持着某种崇高性。人们赞扬一些人的英雄主义，另一些人的足智多谋，赞美伟大的军事家以及他们的军事天才，赞美这些可怕的岁月在男人们身上所显露出的价值。没有人谈论女人，或孩子。如果有人这么做，也只是为了哀叹生命的逝去、对平民的屠杀，以及无处不在的恐惧。最近，人们发明了一个词：“附带损失”。这说明了一切：女人和孩子是战争的“附带因素”，人们记录、清点他们的死伤人数，就像人们会统计牲畜的损失、建筑的毁坏，以及黄金和粮食储备的消耗。他们不是受害者，他们是“损失”。他们永远不会成为英雄。正如在杰罗姆·大卫·塞林格②杰出的短篇小说《为艾斯美而写——有爱也有污秽》中的叙述

① 法语中，圣诞老人的说法为 père noël，直译为“圣诞爸爸”。
② 杰罗姆·大卫·塞林格（Jerome David Salinger，1919—2010），美国作家，代表作为《麦田里的守望者》。

者所指出的，英雄，必须在大人物中间寻找。比如大张旗鼓走进英国军官餐厅的海明威式的人物，普通士兵只能面带恐慌地看着他。

和女人们一起经历战争，是令人不安的，也是温柔的。不安是因为女人们（即使是像外婆那样坚强的女人们）对于外面发生的事情无能为力。战争中，她们只能随波逐流，正如她们在那个时代面对着男人的绝对权威，除了服从别无他法。当然，我当时还没有意识到这一点——不过，孩子们，尽管年幼，却已经能够猜到大人们对他们有所隐瞒，他们本能地感觉到大人们在撒谎。某种威胁一直存在着，但是，哪里来的威胁呢？当然是外面，因为窗户得用纸糊上，因为我们只能偶尔外出，在陪着外婆和妈妈去村子里的时候外出，那里有人售卖牛奶、蔬菜和肉。所以，威胁来自外面，死亡就在那里。“死亡”这种说法也来自那里。即使对于三四岁的孩子来说，这个词也意味深长。它来自对话中，从女人们的口中说出。“某某已经死了。某某被杀死了。”这种死亡是隐形的、看不见的。尽管我的记忆已经不再清晰，但我当时一定经常听到这些词：“死”“杀死”。

不过，她们只是轻声提起。真的，很温柔。

在二楼的房间里，可以俯视罗克比列尔。房子的居住面积很小：一间房兼作厨房和餐厅，一间房用作外婆的卧室，妈妈、哥哥和我同住一间房，还有一间小屋是外公的房间（外婆觉得他抽烟太多，身上总是残留着烟草的味道）。

就是在这里，我们一起度过了一段战争岁月。使这个地方如此美好的，是女性的氛围。它本来会显得很拥挤，尤其是还住着两个吵闹、挑剔的小孩。然而，正相反，在我的记忆中，这里温暖、舒适，像是某种蚕茧，躲在里面，似乎可以安全地长大。这个地方阴暗、潮湿，外面很冷，里面却弥漫着热气。厚厚的百叶窗关闭着，电灯照亮了每一个角落，门窗的缝隙很小，隔音很好。上面没有人，下面也没有人。楼下的储藏室总是很阴暗，每次进去的时候，储存的一袋袋土豆，还有纸盒、箱子，看起来就像幽灵一样。这里弥漫着泥土的味道、发霉的味道，还有山村街道上挥之不去的冷冷的烟味。

温柔，是外婆的裙子，她的针织衫，她的围巾。白天，妈妈穿得就像三十年代的运动员，夏天穿短裙、短袖衫，冬天穿羊毛大衣。我们总是从妈妈跑向外婆，或者从外婆跑向妈妈。为的是在她们身上感受外面的味道，青草、荆棘、枯叶的味道，还有冒险的味道。

当我想起罗克比列尔的战争时光时，眼前浮现的是哺乳的画面。小小的公寓，灰色的石头房子，周围的风景，远处雾蒙蒙的山脉，以及长满了高草的威苏比亚河谷，所有这一切，让我觉得我在母体中的岁月在出生之后得到了延续。这个世界封闭、狭小、温热，我能感受到血液的冲击和羊水的流动，我还不想离开这里，在这个世界中，我仍然能感受到最后的平静与安宁。不过，这种感觉其实很反常，因为那个时候，一个“茧”，并不能真正帮我对抗外部世界的严酷。是我的记忆迷惑了我，迫使我倒退。我们刚刚提到了战乱中的孩子，对于那些刚刚学会走路、仅仅能用成人的语言说出只言片语的男孩和女孩而言，今天是否依然如此？他们也躲在不堪一击的帐篷和贫民窟里，制造着“蚕茧”的假象，编织出某种反记忆，以此对抗炸药和导弹？否则，如何能够解释，多年之后，他们拿起步枪、机关枪、砍刀，加入了屠杀者的行列？如何能够解释，他们从不谈论恐惧？如何能够解释，他们不惧怕死亡，带着比自己还重的武器去冲锋，毫不犹豫地对着另一些孩子开火，对着那些像妈妈一样的女人，像叔伯、祖父一样的老人开火？

在发生战乱的国家中，孩子们都足不出户，他们在室内度过漫长的日子。在唯一一间可以容纳所有家庭成员的房间里，外公坐在窗口读书，妈妈和外婆做饭或缝缝补补，我们两个孩子就像世界上所有的孩子一样，尽情玩着我们能找到的一切。我们每天一次陪着外婆出去购物，也就是说，我们会走向桥的另一侧，走进古老的村庄。威苏比亚的路上没有车，我们走在路中间，婴儿车不再用来承载婴儿，而是变成了某种手推车，里面放着蔬菜、土豆、木柴。外婆在唯一一家肉店的门口排队，她需要买一小块肉，放进她的蔬菜牛肉汤中，再加上一小块牛骨、一些内脏。这种烹饪方式是过去的做法，那时，人们用碎肉做饭，将一根带骨髓的骨头煮熬上一整天，再加入一些萝卜和菊芋、一小块牛腿肉、一点牛尾和牛舌。今天看来，这一切有些悲惨，不过外婆也不知道其他的做法。战争没怎么改变她的习惯。对于小孩来说，一切更加困难。他们需要牛奶、面粉、糖。尤其是盐。战争结束的时候，我没有冲向糖果或巧克力，而是冲向了放在广口瓶中的灰色粗盐，我一把把地吃下它们。直到现在，我仍然能够回味起盐在我口中的温度，刺激、丰盛。那是海的味道。

在肉店里，我站在外婆身边。那里弥漫着血腥味，淡淡的、冰冷的肉味。周围有很多苍蝇。我当时三岁。站在那里，刚好可以看到外婆的双腿。在她的右腿上，胫骨那里，有一个感染之后留下的伤疤。很长时间以来，我一直觉得这个伤疤是因为疏于护理造成的。外婆曾在山路上摔了一跤，被石头划伤。当时，她正在寻找一种可以用来炖菜的植物。在肉店里，苍蝇落在伤口上，但她毫无感觉。我观察着这一切，我的脸离外婆的腿只有几十厘米，我看着苍蝇在她的伤口上移动。我当时想到什么了吗？孩子肯定会想起些什么，即使只有三岁。但那是什么呢？我一直看着，并不感到厌恶、恐惧或悲伤。这只是一件正在发生的事情。它丝毫不影响我对外婆的爱，丝毫不影响我对她的记忆，我记得她对生活的热情，记得她讲故事的方式，记得她的亲吻和拥抱，还记得她哼着儿歌哄我睡觉。这是她的一部分。苍蝇啃食着她的腿，就像我吃掉她在肉店里买到的牛羊肉。

苍蝇是战争中的大赢家。外婆或许也曾经担心过苍蝇会使她的伤口恶化。她将苍蝇归咎于侵略者。她说，在战争之前，苍蝇的数量是合理的。它们是和德国人一起来的。这不是巧合，这是敌人的计划，为了瓦解法国人的士气。我不清楚她是不是真的认为德国人在饲养苍蝇，把它们作为一种武器，在整个欧洲孵化着数以万计、数以亿计的苍蝇。不过事实确实如此，在罗克比列尔，苍蝇实在太多了。每天早上，外公都要打苍蝇。他走遍整个餐厅，将一张折成四折的报纸当作苍蝇拍，拍打着墙壁、窗户、餐桌上的油布。他无法消灭它们。它们不可战胜。

早上出门寻找食物，对于孩子们来说是唯一的消遣。通往古老村庄的路一直向下延伸并急剧转弯。这条路今天在我看来，太远了，太漫长。我还能看见路边的每一块石头，河边的草地，还有山坡。左边是高耸的贝勒维戴尔山丘。为什么我还记得这个名字？一天早上，哥哥说，这座山丘，连同所有的房子，都将倒塌。他梦到了这一切。然后真的发生了。一场地震使贝勒维戴尔倒塌了。从那时起，我就知道了这个故事，它被嵌入了我的记忆里，仿佛一切是真实的。哥哥做了一个梦，梦里的事情真的发生了。直到今天，这个故事还是使我不安，使我感到一阵眩晕。它让我不安，是因为如果我们及时听取了这个梦的警示，我们就可以拯救生命，阻止毁灭。只需要奔跑、大喊："快跑！离开那儿！全都要倒了！"不过，没有人担心梦境，也不会有人听哥哥的话。

现在，我知道这个故事是假的：摧毁贝勒维戴尔的地震比我出生的时间还要早很久，那时战争还没有爆发。那么，我梦到过什么吗？什么时候梦到的？战争中，孩子们对现实一无所知，他们听到只言片语，然后编织自己的故事。

我们沿着路一直走，能看到一座桥。桥的前面，河湾内侧，有一大片高高的草地。这是一个神奇的地方，既诱人，也让人害怕。这片草地是蝰蛇出没的地方。天气好的时候，我们在那里探险。为了将蝰蛇赶跑，外婆和妈妈用棍子敲打地面。到了冬天，河水上涨，淹没了通道。我们眼睁睁看着那片草丛，不敢下去。

过了桥，就能看到教堂的塔楼了。为什么这个塔楼对我来说如此重要呢？或许因为这是我见到过的第一座教堂的塔楼。在尼斯，我们从不去教堂。教堂太远，太危险。占领军（先是意大利人，之后是德国人）对港口的教堂作了伪装，他们在柱廊之间和钟楼两侧悬挂着大幅的迷彩防水布，以防遭到轰炸。港口被设置了很多挡板，以及带刺的铁丝网。周围建筑的墙壁被涂上了各种颜色，绿色、黄色、黄褐色。战争结束之后，我们第一次来到港口的教堂时，我看到了这一切。

在罗克比列尔，教堂的塔楼十分显眼。当我们前往古老的村庄时，我看见了它。我喜欢它吗？我不知道算不算喜欢，但是，它就像一张熟悉的脸。其中一侧是钟面。在此之前，我从未见过类似的装饰。一个圆形的钟面，就像月亮的脸，带有数字和指针的月亮的脸。

我当时还不认识表，其实，我大约到了十岁或十二岁时才学会看时间。在参加童子军（不满十二岁的小童子军）时，有过一次测试，可以赢得一条彩带，但我没能成功。或许是罗克比列尔这座塔楼上的钟使我的思维停滞了。那么，这座钟停下来是因为战争吗？战争可能使一座钟停下来吗？或许教堂的执事被关进了监狱，没人能爬上去上发条？

战争，是灰色的。

尼斯的蔚蓝海岸使旅行者、艺术家和画家们为之着迷。马蒂斯[①]的调色板是欢快的，尽情地用各种颜色渲染着。蓝色的大海、棕榈树、鲜花和女孩们，很可能是他从维多利亚宫的窗口看到的（或想象的）。

我呢，我已经记不起来了。我们最终离开了卡尔诺大街上的伊达利公寓，最后那段时间，我们在地下室生活了很久，听着警报声响起，等待着炸弹轰鸣。一九四三年的初春，我们来到了罗克比列尔，当时，春寒料峭，我只记得一切灰蒙蒙的。那种灰，是德国士兵穿着的大衣的颜色，我曾看见他们在外婆公寓楼下把她的汽车轮胎拆下来。那种灰，是我们坐着卡车往山里去时，黎明时分天空的颜色。那种灰，是尼斯腹地山谷的颜色，就像水泥一样。那种灰，也是村里的房子裸露出的石头的颜色，以及储物间里空气凝滞的颜色。而我们，即将要住进储物间的楼上。

在那里，我经历了我的第一个夏天。在此之前，在尼斯和布列塔尼，季节分明，有时美好，有时糟糕。我在照片上看到了我的小车（一辆微型坦克车，配有小轮和实心轮辋），当时我们在南部，一个花园里，也可能是布列塔尼圣马林的一条小巷里。这个时刻，我也完全记不起来了。后来，我们

① 亨利·马蒂斯（Henri Matisse，1869—1954），法国著名画家、雕塑家，曾在尼斯生活过。画作造型简练，色彩鲜艳，被视为野兽派的领袖。

逃跑了，开着外婆的“老爷车”，和妈妈、哥哥、外公一起穿过被占领的法国，越过了分界线。这一切都被抹去了，它们发生在另一个世界，那时，我懵懂无知。直到一九四三年的七月，夏天才第一次在我面前闪耀。

不过，我不知道说自己记得这一切是否合适。毕竟后来我看了很多图片、照片、影像资料、故事片，我还读了很多报道、小说、历史、故事书。记忆是一种脆弱的存在，很容易被中断、被感染。我对回忆录持怀疑态度。它们常常混乱、自我矛盾，像是某种浓汤，真实、虚假、自我陶醉和道德说教的元素总是有些过火，最终变得胶着、黏稠，没有生命力，且淡而无味。

那么，我不能说那是我记得的第一个夏天。我仅仅知道在我的心灵深处，感受到一种绚烂，一束光亮。阳光洒在山谷深处，洒在成熟的麦田、河水和岩石之上。天空赤裸裸的。

我三岁了。在这个年龄段，人们能用语言表达自己的感受吗？也许除了这句“这是第一次”之外，便词穷了。仿佛在战争的灰暗中，在躲避轰炸的冰冷地下室的阴影中，突然出现了一个缺口，让三岁的我第一次感受到光明、自由、温暖、河水、青草的气味。如果没有战争，如果我不曾感受过饥渴（对食物、爱和温暖的渴望），这个夏天就不会存在。它会与其他季节混淆在一起，与接下来的夏天、非洲生活、暴风雨、烈日、嘈杂的夜晚或布列塔尼的夏天、走在小路上的自由自在，还有荒原和大海混淆在一起。

在照片上，我看到了我们，哥哥和我。那是一九四三年七月，收获的时刻。我们在一片麦田里，扛着比自己还高的麦秆，和一个农民在一起。在我们身后，远处有罗克比列尔的房屋、通往河边的山坡，还有树木。风景平平无奇，甚至显得有些贫瘠。麦田不足一公顷，只能为几个家庭提供粮食。那个农民四十岁上下，戴着黑色贝雷帽，穿着衬衫，挽起了袖子，面带微笑。为什么他没有像大多数法国人那样被禁锢呢？罗克比列尔受意大利人管辖，德国人还没到。在山区，战争其实并没有中断太多。那些没被俘虏的人，只是回到家乡，继续劳作。

当然，我对这一切一无所知。但对于两个孩子来说，那一瞬间是神奇的。那是自由的时刻。没有暴力，没有炸弹，没有警报声。只有被阳光温暖的山谷，长长的麦秆划伤了我们的手，空气里是麦秸的香味，视线中是饱满的麦穗，这一刻，我们的双脚踩在了干燥的土地上。尽管被麦秆割伤了腿，被毛茸茸的麦穗刺痛了手臂，我们还是张开双手，紧紧握住它们，把它们搬运到农民那里，再由他把它们捆成一捆，竖立在田野上。

像是被施了咒一般，一切发生在时间之外。由于战争，现代化荡然无存。没有机器，没有割捆机，没有脱粒机。只能依靠手工收割，男人们把它们捆好，然后用骡子驮着，运到农场里储存起来。这一切都很古老，仿佛自新石器时代以来，世界就没有改变过。好像我们什么都没有发明过。战争似乎让时间停止了，一切回到了从前。

当时我还不知道，我正在经历农业文明的最后时刻。后来，我在布列塔尼看到过收获季，但我永远不会像在罗克比列尔那样经历收获季。我再也没有看到过这样的庆祝活动，站在比我还高的麦子前，感受太阳的炽热，闻着麦子的香味，触摸着麦秆和麦穗，旁边是拿着镰刀收割的人们，所有人身处一个被遗忘的山谷之中。

在农民赶着车离开之后，我们和外婆一起捡拾落在地上的麦穗，把它们装进袋子里收集起来，带回家。我们转动手柄，用外婆的咖啡机把它们磨成面粉。

拾穗，是一个古老的动作。这意味着我们饿了，我们需要面粉。罗克比列尔的农民并不禁止我们这么做。后来，很久之后，我在中国和小说家莫言交谈，他也讲过在饥荒时期如何拾穗。在山东高密的田野上，他的母亲因为拾高粱穗遭到了看守人的攻击。这个恶棍打了她一巴掌，她倒在地上，嘴角流着血。莫言也曾经历饥饿，并且始终仇恨打他妈妈的人。

当人们谈论饥饿的时候，多数情况下，他们体验过的饥饿，只是饿而已。

而我曾感受过的饥饿，直抵内心。

走出校园，回家之前，以及面对着摆好的餐桌和热气腾腾的菜肴，或是看到冷藏架上各色的点心时，感受到的饥肠辘辘与无法克制的垂涎三尺，都不是饥饿。甚至当我在哥伦比亚边境，从图伊拉森林穿越到帕洛拉斯莱特拉斯山[①]的时候，这场漫长的行进、身体的疲惫所带来的迫切需求，也不

① 图伊拉森林（Tuira）和帕洛拉斯莱特拉斯山（Palo de Las Letras）位于哥伦比亚与巴拿马交界处。

是饥饿。所有这一切，所有我经历过的这一切，它们都不是饥饿，只是一种需要，一种愿望，一旦开始吃东西，它们就会平息。

我所谈论的饥饿，是战争期间，我还很小的时候感受过的饥饿。我不会忘记这种饥饿。它不仅仅意味着肚子空了，而是另一种空。它在我的身体里弥散开来，无休无止，时时刻刻，无法被填满、被平息。饥饿，从白天到夜晚，从室内到室外，从床头到厨房。睡觉时、走路时，饥饿无处不在。大人们，也感受到了这种饥饿。某种程度上讲，他们比我更有权抱怨。外婆吃的是蔬菜皮，她把萝卜肉、土豆块留给了我们，孩子们。牛奶，不是每天都有。妈妈找到的牛奶或奶酪是给孩子们的，不是给大人的。但大人们更容易适应。并不是因为他们曾经在童年时经历过——经历过，并战胜了饥荒。而是因为他们有所储备。如果一个人年幼时不曾挨饿，他便不会真正感受到饥饿。成年人的这种储备比记忆更有效。它存在于他们的细胞中、大脑中、梦境中。他们可以谈论，可以回味自己享用过的美食，并对未来有所期待。他们可以说："当这一切结束时……"他们想象着总会有结束的那一天，就像从前那样：比如，一九一八年或更早的时候，一八七〇年普鲁士军队围困巴黎时，饥不择食的人们吃光了动物园[1]里所有的动物。

五岁以内的孩子没有记忆。他们又能怎样呢？他们生于

① 这里是指 jardin d'Acclimatation，直译为"驯化花园"，1860 年举行落成仪式，是一个动植物园兼游乐园。

战争，生于暴力。

我谈论空。不是身体的空，而是一种持续的匮乏，一个空洞，一片空白。我不记得我曾想要这个或想要那个。我们没有选择。没有什么是充足的。仅此而已。我们缺少蛋白质、糖、盐、脂肪。尤其是脂肪。战争过后，食物恢复了供给（尽管是定量配给，但终于恢复了供给），我记得我曾心满意足地喝过鱼肝油，舔过盐晶，嚼过鱼刺。还有面包。三岁时，我差点死于疟疾，当时，我们在尼斯购买的面包有问题，面粉里面掺了锯末。我对面包没有任何记忆，想象中，它是灰色的，口感发酸。然而，解放时期，美国人、加拿大人、英国人进入蔚蓝海岸的时候，我们收到了白面包（每个家庭凭票兑换）。我以为它是用大米做成的，因为它太白了。我永远也忘不了那种感觉：柔软的、甜甜的，入口即化，香喷喷的。我们还收到了一些肉罐头，应该是红十字会分发的，椭圆形的大罐子，需要用一把小钥匙打开，里面的肉泛着粉红色，带着油脂，香味扑鼻，外婆仔仔细细地将它们切好，铺在著名的白面包片上。很久以来，我们一直记得当舌尖触碰到肉的那一刻，我们颤抖不已。我们太饿了，饿了好几年。后来，当我在墨西哥的贫困地区旅行时，在村里的杂货铺中，我再次看到了同样的椭圆形罐头，旁边放着康乃馨牌牛奶和袋装的工业面包。罐头似乎改了名字，叫做“carne de diablo”①。为什么曾经用来救命的肉罐头现在被唤作魔

① 西班牙语：魔鬼之肉。

鬼呢？

饥饿，是一种感觉，仿佛身体开了一个洞，永远也填不满。后来，我在另一个世界长大。先是非洲，在那里，我们什么都不缺，不缺食物，自由自在。后来是尼斯，是布列塔尼，我们远离了食物定量配给的时期，再没有任何禁令，没有限制，也不必再克制自己的需求。尽管如此，当我遇到比我小几岁、出生在战后的人，或是在法国乡下乃至在巴黎长大的人，和他们谈起我的幼年时，我们没有什么共同语言。他们没有经历过饥饿，甚至恰恰相反，他们当中有些人告诉我，那些年，他们吃得太多，甚至感到反胃，黄油太多，肉太多，点心也太多了。在法国的占领区内，制造食物的机器始终在全速工作。大概是由于大部分男人都被关进了集中营，在饮食上，孩子们没有限制。不幸降临在类似尼斯这样的城市，在所谓的“自由区”，或是戛纳、芒通，以及一些漂亮的大城市，那里除了赌场、假面舞会、沙龙之外，什么也不生长。为了吃上饭，我的母亲不得不骑车去往瓦尔平原(现在，古老的农场已经被超市和行政大楼取代)，带回一些菜叶、腐烂的地瓜和萝卜。战争爆发后的几年里，老人们经常去帕永河边的集市上拾菜叶，就像我们和外婆拾穗一样。我看到他们悄悄地用拐杖的末端击中卷心菜叶、腐烂的胡萝卜，使它们偷偷滚进自己的筐子里。毫不夸张地说，这些老人快要饿死了，没有人来帮助他们。我无法忘记这一切。这构成了我存在的一部分。战争年月在我的肚子上、在我的头脑里开了一个洞。

我感到自己在同一时期经历了夏天和死亡。

一九四三年的夏天一定非常炎热。我不记得气温如何，但我记得我和哥哥、母亲在韦叙比河游泳。对于罗克比列尔、朗托斯克和圣马丁山区（海拔低于一千米）而言，这是一个极其灿烂的夏天。狭窄的山谷像是个容器，盛满了阳光，周围的高山，是可以抵御狂风的堡垒。从早到晚，这里终日蓄积着阳光并散发出热量。空气静止不动，一切都被炎热压得粉碎。清晨，我们沿着公路向河岸走去。到了桥下，又走了一小段路，来到了“蝰蛇之地”。河岸边四处都是胡蜂和牛虻，被牛虻叮咬之后，皮肤会感到灼烧。这里是上游，河水从巨石间倾泻。母亲选择这个地方，是因为这里的水更清澈，距离人们洗衣服的地方比较远。母亲从不害怕待在野外。在我们出生之前，她就和父亲一起骑马走遍了喀麦隆西部的群山。那时，她常常在河里游泳。在这个山谷里，她似乎又找回了她喜欢的感觉。自由自在的感觉，冒险的感觉。回忆里还剩下什么呢？两个小孩光着身子站在岩石之间，周身的水流溅起水花，他们浑身湿漉漉的，在灼热的阳光下欢笑，感受着凉爽的河水。他们不惧怕昆虫，像两只小狗一样蹚着水。尽管我当时太小，还不怎么会用语言表达，但我的身体始终记得那一天的河水、阳光，还有身体的颤抖。成年以后，当我沿着巴拿马达连省的河流旅行时，我想重新找回的大概就是当时的自由自在吧？那一刻的阳光、水流、凉爽的感觉，还有昆虫和无数躲在沙里的小鱼不停叮咬我的感觉。不过，韦叙比河里没有鱼，只有水塘里的水蛭和河岸上的蝰蛇。

接下来是有关马里奥的回忆。我在我的一本小说——《饥饿间奏曲》中提起过他。没有马里奥，我似乎无法想象出战争。他是我的英雄，我认识的唯一一个德占区的抵抗者，唯一一个不是在书上读到的历史人物。这真是一段记忆吗？我怎么会记得这个名字？然而，他出现在我儿时的记忆中，就像玛丽亚一样。玛丽亚是外婆的意大利厨师，德国人入侵之后，她离开了尼斯，我们躲进了山区。关于她，我只记得她用手头的食材做成的意大利团子的味道，大概是用菊芋加上土豆做成的，因为当时已经没有面粉了。当她去往提契诺州的时候，我和哥哥哭得很伤心，我们真的很爱她。

那么，关于马里奥，我还保存着哪些回忆？他大概十五岁左右，我们在河里游泳的时候，他会和我们一起玩。他也泡在河里，朝我们泼水，大笑着将我们背起来。就是因为他，我还记着“蝰蛇之地”这个名字。他提到过，也可能是向我们指出了蝰蛇在河边的藏身之地：太阳炙烤着的平滑的石头丛中。他杀死它们了吗？还是仅仅把它们移到了别处，以便我们看得更清楚。蝰蛇爬得并不快（很多毒蛇爬得很慢），还有一些成对的蝰蛇，缠绕在一起，正在交配。不过，我刚刚讲的这些，很可能不是真的。我唯一肯定的是，马里奥的头发是红棕色的。他在运输炸弹时被炸死了，有人说过并重复过这句话：“人们只找到一绺他的红头发。”谁说的？肯定不是母亲，她很喜欢马里奥。有人来到公寓，告诉她这件事。我记得当时我们在家里，有个人走上台阶，敲门，然后说出了这句话，仅仅几个字："马里奥死了，人们只找到一绺他的红头发。"

马里奥是谁？一个意大利人，在占领区做了什么？对于这些问题，我没有答案。他属于历史的空白，没有在书上或纪念碑上留下任何痕迹。他属于被我们称为"边缘"的空白地带。很早以前就有山区的农民和牧民离开家乡，在战争之初，甚至更早，法西斯上台的时候。他们是共产党员？或者，仅仅是对墨索里尼及其政客感到厌恶，对腐败和建立在种族主义与排外政策上的运动感到厌恶。马里奥还没到发表演说的年龄。他加入了游击队，就像在此之前那些反对波拿巴军队的人一样。他在皮埃蒙特成为了亡命之徒，同他的家人与朋友们一起进入山区，踏上了牧羊人走过的路。一九四三年躲避德军前哨的犹太人越过山区，穿过费内斯特山口，前往斯图拉山谷的圣安娜–迪–瓦迪埃里，走的也是这条路。五十年后，被上蒂内和韦叙比居民接纳的移民，也走上了这条路。

他在运输炸弹时死去。他打算把炸弹安装在哪里？一座桥上。以拖延德国军队的行进，或许就是村口小河上的那座桥？一直以来，存在着两个马里奥。一个是和我们一起玩耍的马里奥，还是个孩子，在韦叙比的激流里，和我们一起欢笑，将我们带到高草丛中的蝰蛇窝旁边。还有一个马里奥，是抵抗运动的英雄，一名意大利共产党员，痛恨希特勒和墨索里尼，在清晨运输炸弹时被草根绊倒，失去了生命。

很可能就是这一部分历史让我感到不安。让我明白战争会杀死孩子。出生在战争中的孩子，算不上孩子。

无论他所追寻的目标是什么，一个运送武器的孩子，不再是孩子。他属于人生的另一个年龄，他进入了另一段时间，一段暴力、残忍、无情的时间。成年人的时间。

人们经常谈起儿童兵。尼日利亚作家肯·萨罗维瓦[①]在他的小说《士兵男孩》中对此进行描述，嘲讽了战争中虚假的英雄主义。小时候，我曾读过贝登堡[②]的故事。这是所有童子军必读的书目，是官方（准军事化政府、宗教界）极度推崇的书，目的是为年轻人树立榜样。在南非，布尔战争期间，反抗军雇佣孩子运输武器，散布信息。人们也训练狗，或者信鸽。贝登堡好像有一个斯瓦西里语的绰号：Impeesa，意思是“不眠之狼”。那个时代的人认为人应该像狼一样。人们依据一套程序来训练男孩，以应对未来的冲突：童军，突击队员，伞兵。

就在我十七岁的时候，为了维持对殖民地的控制，法国向阿尔及利亚人发动了一场残酷的战争。在尼斯，一个男孩，我中学的同班同学，加入了这场战争，他支持阿尔及利亚民族解放阵线，负责运送基金、传递消息、刺探情报。我清楚地记得他，他是宪兵的儿子，在战争中运送文件和装满钱的手提箱。我不知道他后来怎么样，是否平安度过了那个危险的年代。每次我了解这些情况，在报纸上读到这些消息，想到儿童兵所承担的风险时，我都会回忆起马里奥，想

① 肯·萨罗维瓦（Ken Saro-Wiwa，1914—1995），尼日利亚作家、环保活动家。他的《士兵男孩》（*Sozaboy*）是一部反战题材的小说。

② 贝登堡（Baden-Powell，1857—1941），国际童军运动创始者、艺术家、作家。

起在草丛中、弹坑里找到的他的一绺红发。我还会想起犹太儿童，为了逃亡，他们不得不翻山越岭。

尽管情非所愿，出生在战争中就意味着成为一位见证者，一位无意识的见证者，既遥远又迫近，并非漠不关心，但又不同于成年人，就像一只鸟、一棵树。我们就在那里，经历了一切，但是唯有后来通过其他人，我们才真正理解这一切（太晚了吗?）。

我们曾经是生活在罗克比列尔的孩子。一九四三年夏，在同一条河的上游，也就是不到十公里的圣马丁-德-朗托斯克（今天的圣马丁-韦叙比），人们经历了一场悲剧。男男女女，以及与我同龄的孩子们为了逃避德国军队，翻越大山，经过费内斯特山谷，去往意大利。这一切就发生在同一个夏天，马里奥在一场爆炸中死去的那个夏天。几天之前，也可能是几星期前，我们去韦叙比河游泳，曾和他一起玩耍。我还记得当时的河水和草丛，记得夏日的炎热。与此同时，圣马丁的犹太人也进入了我的脑海中。就在我们天真地玩耍时，他们从费内斯特的小路出发，拖着箱子，在石子路上推着小推车。他们撑开伞遮蔽阳光。时不时有老人和孕妇停下来，在树荫下休息，他们坐在石头上，让襁褓中的婴儿躺在干燥的草地上。天空湛蓝，山谷尽头，热拉山像是无法越过的高墙。他们一整天都在跋涉，年轻人在天黑之前就能穿过山谷，其他人则停在马多内教堂外面过夜。山区经常下雨，那一夜或许也下了雨。他们或是支起简易的帐篷，或是躲进教堂的门廊，或是藏身于破败的小窝棚中。

我忍不住回忆，尽管这段历史无人问津，没有什么可歌可泣之处，尽管对于一场造成无数人死亡的世界大战而言，它只是短暂的瞬间。然而，我就在那里，距离悲剧仅仅几公里，我和他们处在同一时刻、同一片天空，甚至同样的云朵之下。

是同一段历史吗？很久之后，母亲跟我说起罗克比列尔附近，也就是山谷更深处发生的事情。有人发现了犹太人途经的费内斯特山谷。事实上，历史学家也提到过这一点（阿尔贝托·卡瓦格里翁发表于意大利的作品《在异国的夜晚》①）。从圣马丁出发，试图逃往斯图拉的犹太家庭在圣达尔马佐被法西斯士兵逮捕，押上火车，从文蒂米利亚到尼斯，再从尼斯到德朗西，在德朗西被关进了集中营。

母亲在四十年之后向我讲述的这段历史并没有被记载下来，仅仅在韦叙比山区的居民中流传。母亲把听到的事件讲给了我。事实上，我也是这些居民中的一员，所以，我大概也曾听人说起，只不过当时的我全然不能理解。正如我无法理解某天清晨使马里奥粉身碎骨的爆炸。逃难的犹太人试图越过国境，从法国去往意大利。他们从尼斯出发，由于担心没有足够的时间到达韦叙比，便取道贝尔特蒙特。从贝尔特蒙特出发，边境似乎近在咫尺，然而，这只是一种美好的幻想。村里有一条小路通往延绵不断的缓坡，上面是高山牧场，那里有一些石头棚。他们并不知道，德国人已经在山顶的牧场设置了边境哨所。当男人、女人和孩子们走在烈日之

① 阿尔贝托·卡瓦格里翁（Alberto Cavaglion，1956— ），意大利学者，著有《在异国的夜晚》（*Nella notte straniera*）。

下时，他们一定觉得湛蓝天空下的高山牧场令人心醉。他们正在逃离战争的地狱，去往理想的国度，那里只有和平。就像瑞士一样。然而，在一个转角，他们被德国人的巡逻队发现。草丛中，所有人毫不留情地被机枪扫射：男人、女人和孩子们。他们的尸体被士兵们（也许是俘虏）草草地扔进坑里，填上土。后来，那里长出了野草。不过，有人看到了这一切，或许是牧羊人，或许是屠杀中的某个幸存者。这一切永远留在了这座山的记忆里，留在了草丛和石棚的记忆里，留在了受到枪声惊吓的鸟儿的记忆里，也留在了回荡在边境线上空旷山脉的回声里。这声音离我那么近，我当时一定听到了，那是雷鸣般的怒吼，与岩石间潺潺的流水声交织在一起。

有什么人在儿时听到过这些还能不发生改变吗？他怎么会忘记这一切呢？记忆，不仅仅是文字，不仅仅是历史。

它是无法消散的时光。和平时期的孩子们，每一天都有所不同，他们参加各种活动，有交往，有游戏，有节日。而我们，我们被关在屋子里，所有的白天和夜晚都毫无差别。即便孩子们还太小，没有家庭和国家的概念，他们也能够大致推测出这一切，他们知道有内外，有界限，有房子，在此之外，是未知、陌生和危险。

美国人的军队于一九四四年末来到罗克比列尔，我记得这段经历，但是记忆十分模糊。我和哥哥、外婆、妈妈站在村口。运送坦克的车发出巨大的轰鸣声。这一幕，我曾听人讲过上百次，哥哥那时已经非常了解交通规则，看到队伍中的车辆完全不遵守交通规则，他感到很震惊。那条山路，在转弯处有两条车道，上山走外侧车道，下山走内侧车道。然而，卡车和运输车占据了内侧车道，向着相反的方向行驶。

这是真的吗，我们这些孩子（村里的男孩和女孩）在路上奔跑着，管美国人要口香糖或巧克力？这是真的吗，在他们之前，德国军队穿过了罗克比列尔，给孩子们分发巧克力，外婆从我们手中夺过这些巧克力，像扔毒药一样把它们扔掉？

战争期间出生的孩子们对周遭的一切一无所知。母亲在解放前透过百叶窗指给我们看溃败的德国军队，是出于这个原因吗？沿着我家门前的那条公路，开着车灯的卡车、坦克，以及徒步行进的士兵，正悄无声息地前进着。后来我才知道，这是撤退的非洲军团的残部，他们从利比亚来，试图返回德国。他们为什么要从我们的窗前经过呢？隆美尔元帅的名字在我的记忆中浮现，但他肯定不是那支逃亡部队的一员。他飞回柏林，在那里自杀身亡。战争、战后，月月年年，所有的一切在我的脑海中交织在一起。解放，是成年人的解放。作为孩子，没有任何事物或任何人可以解放我们。我们就这样日复一日地生活着。战争结束之后，又过了很久，在尼斯，我才拥有第一个真实的记忆。当时，我在海边，我的姨夫乔治·博尔施内克上校穿着阿尔卑斯山轻步兵制服，给我们买了冰淇淋。这是我第一次吃冰淇淋。我还试戴了他的贝雷帽。我永远也不会忘记这一幕。

战争结束后，我们依然很难摆脱那些年的禁锢和与世隔绝。有一张我和哥哥在尼斯时的照片，我们穿得就像两个小乡巴佬。那是一九四五年的冬天，我们还像在山里一样，穿着羊皮外套和旧皮鞋，戴着护腿套。我们做着鬼脸，阳光下，就像两个被拖出巢穴的小野人。如果说我们可以摆脱，那么，我们需要很长时间才能真正摆脱。我们需要时间来消除空虚、饥饿、恐惧和无知。我们需要去往世界的另一端，去尼日利亚，去克罗斯河边的丛林，感受无拘无束的自由，欣赏狂风暴雨的天空，倾听夜晚野兽的嘶鸣。

战争结束后很长一段时间，我们步履蹒跚，经历了岁月艰辛。我们离开山区，离开我们成长的阴暗而忧郁的巢穴，回到了城市。忘记饥饿，或许是我儿时最困难的事。即使在美国人到来之后，苦难仍在继续。我们重新住进了外婆的公寓，在六楼的屋檐下，什么都没有真正改变。为了吃饭，为了获得煤炭、锯末和衣服，必须要挣扎。必须要排队。必须要有赫赫有名的定量配给簿，根据每个家庭的人数获得食品、牛奶、油、猪油，乃至烟草（外公抽光了家里所有的烟）。一种空洞的感觉仍旧在我的腹部、大脑和肺部不断弥散。没有什么是确定的。死亡仍旧存在。每每我走过公寓楼下面的庭院时，外婆的一位邻居总会朝我拍手。他高大、强壮，拍手的声音像是步枪发射的声音。这是他向我打招呼的方式。他叫奥吉耶，我知道他是我们家的朋友。每次我们去看望他的时候，他都会把我抱起来。或许正是他，让我知道了“抵抗”这个词。在德军占领期间，他加入了一个抵抗小组，负责传递秘密信息，保护犹太人。也就是说，奥吉耶先生是一名“抵抗战士”，不过，我对这个词的理解是“巨人”或者“他很强壮”。有一天，我得知他死了。他得了伤寒，没几天就死了。疾病侵蚀了他的肠子，导致了肠穿孔。他是我眼中的巨人。是那个每每我走到院子里他就朝我拍手的人。所以，战争也是这样吗？一个你喜欢的人突然消失得无影无踪？

在战争中流逝的童年一片空白。这空白，我该如何填满？所有逝去的、幽闭的、饥肠辘辘的、与世隔绝的时光，我如何才能找回？如何才能接受？

出生时，父亲不在我身边，年幼时，父亲也不在我身边，我像是个孤儿，是个捡来的孩子。不过，用这样的语言不足以解释这种缺席或离弃，他并没有离开我们，而是这个混乱的世界与无处不在的疯狂切断了孩子与父亲的联系。对父亲而言，距离不算什么。他作为医生加入英国军队，先后在圭亚那、喀麦隆、尼日利亚旅居。这是他职业的一部分。他原本已经做好了准备，打算尽快与妻儿团聚。母亲怀上我的时候战争还没开始，父亲计划在三四月份休假，以便在我出生的时候陪在母亲身边。然而，战争爆发了，仅仅几周的时间，法国就被打败了。他意识到他的计划出了问题。他的妻子和孩子被困在了法国。让他恐慌的不仅仅是法国军队的溃败，还有法国国内放弃抵抗的气氛。战争之初，他写给妻子的信还很乐观。他敦促我的母亲尽快前往布列塔尼，尽可能远离战区。等到德国军队占领了整个北部地区，战线一直延伸到海边的时候，他意识到自己与家人团聚的希望越来越渺茫。为了回到妻子和孩子们身边，他试图穿越撒哈拉，不过这种尝试最终失败：驻守在塔曼拉塞特的一名愚钝且报复心切的法国军官回绝了他。这意味着他所爱的人，他唯一的家（为了他们，他放弃了毛里求斯的一切），只能在一个没有法律、没有安全、没有未来的国家里自生自灭。这个国家现在已经沦为犯罪、掠夺、强奸和谎言之地。这也意味着法国正在背叛他和他的亲人，把他们丢在一边，将他们判处死刑。他写给我母亲的最后几封信说得很清楚：在父亲看来，法国政府接受入侵，拒绝参战，让巴黎成为一座向敌人敞开的城市，就是与纳粹德国结盟，与英国对抗。这种背叛颠覆了他曾经热爱的一切，他曾认为与毛里求斯相比，法国是文明的天堂。他写信给我的母亲，让她不要相信法国媒体散布的关于英国人的谎言。从现在起，她只能寄希望于英国的抵抗，寄希望于英国人民不惜冒着伦敦被轰炸的风险也要与希特勒进行的斗争。随后是长达五年的沉默，在这五年里，父亲和母亲无法交换任何信件和消息。他们之间就像隔着一道深渊，仿佛已经为对方而死。

母亲在深渊的另一端活了下来，与父亲彼此分离，他们之间的距离比辽阔的海洋更遥远。他们被沉寂所阻隔，被所有和谐、所有人道的终结所阻隔。被不同的国家所阻隔，一个是她出生、成长的国度，另一个是她的丈夫、孩子们的父亲身处的国度。

还有一些女人也经历了分离，她们的丈夫被囚禁在集中营，在德国或波兰，某个遥远的地方。她们当中有很多人表现得很英勇，她们独自抚养子女，用自己的智慧和勇气应对物质上的困难。并不是所有人都有机会给被囚禁的丈夫寄去密信、礼物和情书。但她们至少不必躲避德国敌人或法国告密者。她们可以等待解放，等待心爱的人归来。我的母亲没有任何想法，对未来也没有任何期待，只是模糊地、越来越不确定地希望战争有一天会结束，希望边境能重新为她和她的孩子们开放，让她能够回到非洲，回到她曾经生活过的地方，与她心爱的男人重逢。

我很难想象这个女人如何能够生存下来，不仅仅是生存，她首先成了一名艺术家，用钢琴弹奏肖邦、李斯特、德彪西。作为一家之主，她承担起全部的责任，做出了驱车离开的决定——带着自己的父母（其中一个是年迈的英国人，她不得不将他藏起来）和两个孩子，一个是尚在哺乳期的六个月大的婴儿，另一个刚刚两岁，在没有其他食物的情况下，也只能吃母乳（或许正是出于这样的原因，就人类而言，女人有两个乳房）。他们穿越废墟中的法国，行驶在弹痕累累的道路上，行驶在布满炸药、设有路障的郊区，通过了法国宪兵和德国盖世太保的层层封锁。她和德国军官讨价还价，以获取油票，她修理他们的老爷车，疏通阻塞的汽化器。最终，她克服一切，来到了尼斯。然而，战争毫不迟疑地随她而来。

至于我，我该如何填满这虚空呢？该如何还原我儿时住过的灰白房子？又该如何透过贴着蓝色玻璃纸的窗户，透过紧闭的遮挡流弹的百叶窗，去假想我不曾看见的风景呢？一九四四年的一个夏夜，在山区的天空中，我看到了曳光弹的舞动，就像奇妙的萤火虫。母亲和外婆之所以允许我们看，是因为它标志着战争的结束吗？我试着清点遗失的物品。在我们穿越法国逃亡时，很多东西都丢掉了。在巴黎时，外祖父母的餐厅里曾装饰着一幅埃尔·格列柯[①]的油画，妈妈很讨厌那幅画，画上被哥哥们卖掉的约瑟[②]，面容忧郁。在去往南部的路途中，车厢发生了爆炸，这幅画被人盗走。现在，只有一幅希波吕忒·弗兰德林[③]的复制品，挂在拉丁区的一座教堂里。为了换取食品券、煤炭券、药品券，外婆曾在被称为“黑市”的骗人、怪异的地方进行交易，她的遗失物品清单上列着黄金珠宝、“美好年代”[④]的服饰、真丝披肩、貂皮围巾、来自威尼斯的玻璃制品。战争的另一面，是甜蜜的“茧房”，我们的避难所，每天晚上，外婆艾丽斯在床上等着哥哥和我，给我们讲小猴子莫纳米的历险故事。莫纳米生下来就很聪明，想方设法地寻找食物，它去果园里偷水果，还掏出了藏在瓶子里的糖果。为了活下去，它使所有人都上了当。莫纳米的故事使我们暂时忘记了暴力，忘记了关于罪恶的传闻，它们潜伏在村庄的街道上、紧闭的百叶窗外。使我们暂时忘记了饥饿。一九四七年，我坐在驶向非洲

① 埃尔·格列柯（El Greco，1541—1614），画家、雕塑家、建筑师，出生于希腊克里特岛，后移居到西班牙。

②《圣经》中，约瑟（Joseph）因聪颖得到父亲的偏爱，遭到11个哥哥的嫉恨，被哥哥们卖掉，后被带到埃及，在那里建功立业。

③ 希波吕忒·弗兰德林（Hippolyte Flandrin，1809—1864），法国画家。

④ 美好年代（la Belle Époque）是指19世纪末至1914年第一次世界大战爆发之间，法国社会、经济和技术进步的时期。

的船上，开始写我的第一部小说《漫长的旅行》时，我又想到了饥饿。小说的主角奥哈迪对船长说：“我饿了！”——“如果你饿的话，我给你一只猫！”——“可以吃吗？”——“不，可以做朋友！”。

战争的结束，对孩子来说同样毫无意义。孩子们并不生活在历史中。他们只知道故事、传说、随口说说的话和白日梦。我不知道自己是否真的目睹了尼斯港被德军轰炸。我只记得炸弹从飞机上投下来，巨大的震动使我摔倒在地。不过，对此我并不确定。现在回想起来，也许是听了目击者的叙述之后，我把各种事情混淆在一起？一九四四年夏末，当我们回到尼斯时，德军已经离开了这座城市。但这并不意味着我们获得了解放：走上街头仍然被明令禁止。周围的公园（包括橄榄树公园，后来，我曾坐在那里阅读维吉尔）布满地雷，四周围绕着带刺的铁丝网，骷髅头的标记表明尚未开放。通往海边的小路也被封死。我用粉笔在白色木板上画的第一幅画，是我从伊达利公寓六楼外婆卧室的窗户里看到的景象：棕榈树、红色的屋顶和港口，毁坏的防波堤，还有一根露出水面的沉船桅杆。

我们在车库里探险，迪迪昂-巴顿被安置在砖头砌成的支架上，这辆老爷车的车轮被德国士兵拆掉了。战争结束后的很长一段时间里，它成了我和哥哥的游乐场。后来，外婆将这辆带给她糟糕回忆的汽车躯壳处理掉了，把它卖给了城郊的一位农民。他为这辆车装上了车轮，将它作为小卡车，向市场运送蔬菜。战争的痕迹无处不在：千疮百孔的建筑物外墙、布满了弹孔的路面、被烧毁的汽车残骸、迷彩伪装，以及德语铭文。这是世界上所有小孩都能在战场上看到的。当我们下楼去地窖取煤球和锯末时都会遵循惯例，将手指伸进墙壁的小洞中，似乎这样就能取出受惊的德国士兵射出的子弹。很长一段时间里，我都梦见他在向我们开枪！

战争结束后，我们与所有逃往山区时分开的亲戚恢复了联系。我试着想象，生活在温暖、亲密之中，被大家庭——叔叔舅舅、姑妈姨妈、堂兄弟表姐妹，以及家族的朋友和敌人——所围绕的孩子们会怎样。我们将与父母同事的孩子、班上的同学、邻居家的小孩，一起学着做游戏，理解公平或不公平，与他们相互争吵、一同欢笑。然而，我们就像在监狱里长大一样，没有朋友，没有亲戚。一九四五年之后，我们走出自己的巢穴，遇到了从未听说过的人。我们不得不拥抱他们，管他们叫“叔叔”“姑姑”，不得不听他们讲话。

除了危险，在这孤独的五年中，我所体验到的，还有陌生感。战争像一道深渊，横亘在人们面前，战争之前与战争之后，面目全非。这份虚空穿透了我，将在我之前所有的一切都抛得远远的。五六岁的孩子，还无法用语言表达拒绝。

我们依靠感觉，仅此而已。我们心头沉重，用惊讶的目光看着古老的世界正在消失。不是改变，是消失。不是某一幅画面的消失，而是真正的消失，是人的沉沦。这位毛里求斯姑妈，曾经美丽、开朗，和她的丈夫过着奢华的生活，在蔚蓝海岸开着敞篷车，如今却极度贫困，双目失明，在尼斯火车站附近的一间破房子里艰难度日，忍受一名公交车检票员的侮辱，这个人闯入她家，和她精神失常的女儿睡觉。外婆的老朋友加比，年轻时在百代电影公司工作，颇具艺术气质，性格张扬、热情。现在，她和她的姐姐莫德穷困潦倒，生活在一幢废弃别墅的地下室里，大门上有一个用粉笔标记的耻辱的印记，向报复者们表明这里是通敌者的巢穴。她们两个食不果腹，周围是一大群流浪猫。解放后，又过了几周，姐姐最终死于肺结核和营养不良。

在一名退役上校反教权的演说中，孩子们可以清楚地识别无辜者和有罪者。这位上校在征服摩洛哥期间腿部受伤，他嘲讽原住民，北非人、印度支那人或马达加斯加人，目的是揭露移民劳工、共产主义者、犹太人、美国人，尤其是，而且永远是，英国人！或许就是从他那里我们得到了一个狰狞的夏洛克[①]面具？我们常常用这个面具吓唬外婆，给它套上长衫，在它的头顶盖上软软的毛毡帽，以至于母亲气愤地把它扔进了垃圾箱。那么，是谁为我们提供了《警戒报》[②]的合集？又是谁向我们讲述爱国主义的小说——法国士兵的冒险故事，关于巴纳沃[③]和他吞食“niakoués”[④]的母老虎？

人生的头几年，我体验过饥饿、恐惧和空虚，它们并没

① 夏洛克（Shylock）是莎士比亚喜剧《威尼斯商人》中的高利贷者、犹太富商。

② 《警戒报》（*Aux écoutes*）创刊于1918年，具有鲜明的反法西斯倾向。

③ 巴纳沃（Barnavaux）是法国作家皮埃尔·米勒（Pierre Mille，1864—1941）作品中的人物，被视为法国殖民地步兵的典型。

④ 单数 niakoué，种族主义者对越南人的称呼。

有使我变得坚强。而是使我变得暴躁。或许，所有出生于战争中的孩子，都将经历同样的命运。并不是因为他们看到了罪恶的、死亡的、掠夺的画面，而是因为他们本能地感受到社会秩序已不复存在，没有温情脉脉，不能相互分享。他们知道在某些地方，在外面，在荒芜的街道上，在被炸毁的围墙的另一侧，在埋着地雷的空地上，存在着另一个强大的、危险的种族。是因为暴躁？还是食物匮乏，免疫力下降？战争结束后，有好几次，我病得很重，不停地咳嗽，甚至呕吐，被社区医生诊断为假膜性喉炎，但是后来证明是肺结核。我还记得难以忍受的偏头痛，以至于为了避开阳光，我不得不躲在桌子下面。我至今仍然能够感受到这种暴躁、怨恨，以及被欺骗，感受到谎言无处不在的困惑。哥哥和我，我们生活在一个男性缺席的世界，由女性抚养长大，我们成了小国王、小暴君，习惯于通过大喊大叫满足自己的愿望。当战争的禁锢解除，我们可以重新打开窗户的时候，我记得我曾爆发出不可抑制的愤怒，当时，我把所有手边的东西都从六楼的窗户扔了出去，书本、各种物品，甚至家具。我记得我哭过，声嘶力竭地尖叫过。这不是任性。而是愤怒，纯粹的愤怒，没有对象、没有理由的愤怒。

这样的童年终结于非洲。

这是我们唯一的归宿。七年来，我的父亲一直在等待妻子和孩子们的到来。在法国匆匆旅行了一两周之后，他为我们的未来制定了一个计划：我们将离开法国到尼日利亚与他团聚，之后，他将在南非退休，我们会在那里读书，长大成人。一切准备就绪的时候，父亲的朋友杰弗里医生，将在德班迎接我们（我们在毛里求斯的亲戚住在那里）。我们将开始崭新的生活，远离毫无生气的、被打败的、将我们弃置不顾的法国。远离这座阳光下的苦难之城，这座沉浸在黑市与告密的阴暗交易中的城市。

我们这两个苍白瘦弱、没有受过教育的小孩来到了非洲，我们充满愤怒，不知道服从。今天，我在报刊或电视上移民儿童的照片上认出了当时的我们。他们逃离战乱中的国家，逃离充满破败、罪恶的国家——阿富汗、叙利亚、伊拉克、索马里、苏丹。和他们一样，我们穿着打满补丁的衣服，和他们一样，我们的脸上带着阴郁的神情和恐惧留下的印记。和他们一样，我们需要报复，需要打，需要喊，需要咬。最初，在奥戈贾，白天，我们拿着棍子在草地上奔跑，摧毁白蚁的城堡，猎杀蝎子和蜥蜴。晚上，我们倾听野猫的叫声。

不同之处在于，我们，我们来自古老的欧洲，那里是世界上最发达的地区，却借助技术的进步，制造着致命的武器。是非洲使我们变得文明。在非洲，在今天已经被遗忘的土地上，我们第一次感受到自由，感受到感官的愉悦和大自然的丰盛。我们似乎也发现了殖民地固有的不公正：受到虐待的囚犯、高傲的殖民管理者和奢侈闲散的外国商人。不过，这是长久以来的第一次——对我来说，也是有生以来的第一次，我不再饥饿，不再对外面的世界心怀恐惧，不必再躲躲藏藏。在广阔的天空下，我们置身于无边无际的空间。在丛林中，在克罗斯河畔，我们的每个白天都是一场探险。

每个夜晚，都身处惊雷、闪电、暴雨如注的奇幻剧场。

一九四七年六月，正值雨季，我们和母亲乘坐荷兰的尼日尔斯特罗姆号轮船，经过一个月的航行，来到非洲，抵达了哈科特港。父亲在那里迎接我们，他把我们塞进他的福特V8，那更像是一辆卡车，而不是小轿车。接着，我们便出发了，在红土路上一路颠簸，越过了涨水的河流。我们知道，战争真的结束了。